한글시집

한글 한글, 읽을수록
참 맛나다

한글를 깊이 이해할수록
한 사람의 인생에 깊은 깨달음을 준다.

한글시집

한글 한글, 읽을수록
참 맛나다

한글시인 **최우정** 지음

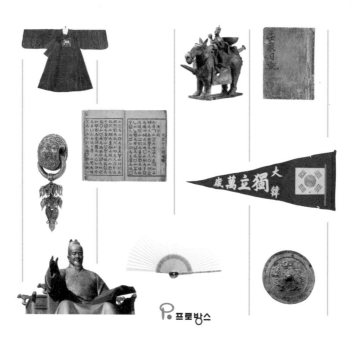

프로방스

세종대왕 (1397~1450)

"고기는 씹을수록 맛이 나고,
책 또한 읽을수록 한글 맛이 난다."

"한글씨 사랑해, 한글씨 소중해"

고기는 씹을수록 맛이 나고, 이 책 또한 읽을수록 한글 맛이 난다. 한글씨를 따라 다양한 의미를 음미하다 보면, 〈한글 한글, 읽을수록 참 맛나다〉의 산해진미를 느낄 수 있다.

한글씨를 깊이 이해할수록 한 사람의 인생에 깊은 깨달음을 주며, 한글이 사람의 삶에 한평생을 좌우할 가치관을 심어 준다. 한글이 가진 의미는 한없이 큰 세상을 담을 수 있다.

한글시집 〈한글 한글, 읽을수록 참 맛나다〉는 국립국어원 표준국어대사전의 의미를 이해하고, 한글씨마다 문화포털의 전통문양을 그림으로 볼 수 있다. 그리고 문화재청 국가문화유산포털의 소중한 한국의 문화재도 포함하였다.

다음 세대를 위하여 문화유산이 잘 보존되기를 바라는 마음으로 한 글 한 글 작성한 한글시집이다. 문화재의 한글은 볼수록 보고 싶고, 문화유산의 한글은 읽을수록 읽고 싶다.

한글을 사랑하는 순간, 모든 글이 사랑스럽고, 한글을 사랑하는 순간, 세상을 사랑하는 것이다. 한글 시인이 작성한 한글 시집으로 한글을 접하는 세상 모두의 손에 〈한글 한글, 읽을수록 참 맛나다〉를 선물한다.

"한글씨 사랑해, 한글씨 소중해"

한글시인 **최우정**

:| 차례

한글을 사랑하는 순간,

모든 글이 사랑스럽고, 한글을 사랑하는 순간,

세상을 사랑하는 것이다.

한글

*_가+

〈가정〉 한 가족이 생활하는 집에
〈가구〉 집안 식구가 있고,

〈가사〉 한집안의 사사로운 일에
〈가정〉 한 가정을 이끌어 나가는 사람이 있네.

〈가보〉 한집안에서 대를 물려 전해 오거나 전해질
　　　　보배로운 물건은
〈가치〉 사물이 지니고 있는 쓸모가 있고,

〈가훈〉 한집안의 조상이나 어른이 자손들에게 일러 주는
　　　　가르침은
〈가교〉 서로 떨어져 있는 것을 이어 주는 다리가 되네.

〈가품〉 한집안 사람이 공통으로 갖는 품성은
〈가문〉 가족 또는 일가로 이루어진 공동체를 넘어 사회적

지위를 이루네.

가족에서 가문으로 가가가가가가가가가!

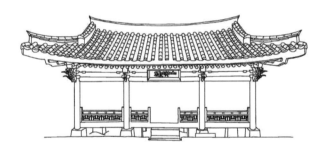

* _ 강+

최강국이란? 군사력과 경제력이 뛰어나 국제 사회에서 그 세력을 인정하는 나라 〈강국〉이란?

남보다 우세하거나 더 뛰어난 점 〈강점〉이 있는가?

정당이나 사회단체 등이 그 기본 입장이나 방침, 운동 규범 따위를 열거한 〈강령〉이 있는가?

좋은 대책과 방법을 궁리하여 찾아내거나 좋은 대책을 세우는 〈강구〉하고 있는가?

어떤 부분을 특별히 강하게 주장하거나 두드러지게 〈강조〉하는 것이 있는가?

꺾이지 아니하는 굳센 힘 〈강력〉한 것이 있는가?

세력이나 힘을 더 강하고 튼튼하게 〈강화〉하고, 힘이나 세력이 강한 사람이나 그 집단의 〈강자〉가 있는가?

권력이나 위력(威力)으로 남의 자유의사를 억눌러 원하지 않는 일을 억지로 시키는 〈강제〉가 없는가?

*_곡+

곡식을 보관해 두는 〈곡간〉에서
사람의 식량이 되는 쌀 〈곡식〉으로
빚은 술 〈곡주〉 한잔!

〈곡주〉 한잔에
인생과 통일을 이루는 음의 연속 〈곡조〉가 나오고
아슬아슬할 정도의 줄타기로 〈곡예〉를 하니

움직일 때 생기는
모나지 아니하고 부드럽게 굽은 〈곡선〉의
세상이 보이네.
곡주로, 곡주로~

＊_ +곡

음악 작품을 창작하는 일 〈작곡〉은
〈신곡〉 새로 지은 곡이 되고,

지어 놓은 곡을 다른 형식으로 바꾸어 꾸미는 〈편곡〉은
〈선곡〉 많은 곡 가운데 노래가 되네.

음악 작품의 가장 중요한 핵심 〈정곡〉은
〈명곡〉 이름난 악곡이 되리.

명곡집, 명곡집!

*_ 관+

어떤 것에 마음이 끌려 주의를 기울이는 〈관심〉이 사물이나 현
상을 주의하여 자세히 살펴보는 〈관찰〉이 되고,

둘 이상의 사람, 사물, 현상이 서로 관계를 맺어 매여 있는 〈관련〉
이 어떤 방면이나 영역에 관련을 맺고 있는 〈관계〉가 되고,

사물이나 현상을 관찰할 때, 그 사람이 보고 생각하는 태도나 방
향 또는 처지의 〈관점〉이 어떤 일에 대한 견해나 생각 〈관념〉이
되고,

어떤 일에 대한 상당한 경력으로 생긴 위엄이나 권위 〈관록〉이
전부터 해 내려오던 전례(前例)가 관습으로 굳어지는 〈관례〉가
되고,

사람을 통제하고 지휘하며 감독하는 〈관리〉가 직업적인 관리 또
는 그들의 집단인 〈관료〉가 되고,

어떤 일에 참견하고 간섭하는 〈관섭〉이 한발 물러나서 어떤 일이 되어 가는 형편을 바라보는 〈관망〉이 되고,

처음부터 끝까지 일관되며, 꿰뚫어서 통하는 〈관통〉이 죄나 허물을 너그럽게 용서하는 〈관대〉가 된다.

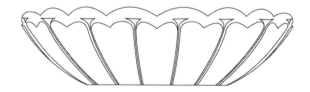

*_+관

〈주관〉 자기만의 견해와

〈객관〉 자기와의 관계에서 벗어나 제삼자의 입장에서

　　　　 사물을 보거나

〈감관〉 감각 기관과 그 지각 작용으로

〈직관〉 직접 외계의 사물에 관한 구체적인 지식을 얻을 수 있다.

〈비관〉 인생을 어둡게만 보아 슬퍼하거나 절망에서 벗어나

〈일관〉 하나의 방법이나 태도로써 처음부터 끝까지 한결같으며

〈달관〉 사물에 통달한 식견으로

〈장관〉 훌륭하고 장대한 광경을 볼 수 있다.

〈유관〉 관계나 관련이 있는

〈낙관〉 인생이나 사물을 밝고 희망적인 것으로 보는 것은

〈습관〉 오랫동안 되풀이하는 과정에서 저절로 익혀진

　　　　 행동 방식이 된다면

〈왕관〉 임금이 머리에 쓰는 관이 될 수 있다.

국보 무령왕 금제 관식

* _교+

〈교육〉 지식과 기술 따위를 가르치며 인격을 길러 주기 위하여
〈교사〉 학교에서 일정한 자격을 가지고 학생을 가르치는
　　　 사람이 있고,

〈교과〉 학교에서 교육의 목적에 맞게 가르쳐야 할 내용을
　　　 짜 놓은 분야에
〈교안〉 교과 지도를 위한 계획을 교사가 미리 짜 놓은
　　　 안이 있네.

〈교실〉 학교에서 학습 활동이 이루어지는 방에
〈교칙〉 학교의 학과, 교과 과정, 입학, 졸업, 상벌 따위에
　　　 관한 규칙이 있고,

〈교권〉 교사로서 지니는 권위로
〈교정〉 틀어지거나 잘못된 것을 바로잡네.

〈교훈〉 앞으로의 행동이나 생활에 지침이 될 만한 것을

　　　가르치는 교육에

〈교류〉 문화나 사상이 서로 통하네.

*_+국

국력이 약하거나 국토가 작은 나라는 〈소국〉
나라를 융성하게 일으킴으로 〈흥국〉

질서가 없고 어지러운 나라는 〈난국〉
어지럽던 나라를 태평하게 함으로 〈정국〉

가난한 나라는 〈빈국〉
나라를 부유하게 만듦으로 〈부국〉

힘이 약한 나라는 〈약국〉
나라를 보호하고 지킴으로 〈호국〉

자기가 태어난 나라는 〈모국〉
자기 나라를 사랑함으로 〈애국〉하라.

* _극+

〈극단〉 길이나 일의 진행이 끝까지 미쳐 더 나아갈 데가
　　　　없는 지경에는
〈극난〉 몹시 어렵고, 〈극궁〉 몹시 궁하다.

〈극한〉 궁극의 한계, 사물이 진행하여 도달할 수 있는
　　　　최후의 지점에는
〈극도〉 더할 수 없는 정도로 〈극대〉 더할 수 없이 크다.

악조건이나 고생 따위를 이겨 내는 〈극복〉의 방법은 무엇일까?

〈극소〉 아주 작지만, 〈극력〉 있는 힘을 아끼지 않고,
〈극성〉 행동이 몹시 드세거나 지나치게 적극적인 상태를
　　　　부릴 수 있다.

〈극적〉 극을 보는 것처럼 큰 긴장이나 감동을
　　　　불러일으키는 것처럼

〈극변〉 상황 따위가 갑자기 심하게 변한다.

더없이 안락해서 아무 걱정이 없는 경우의 〈극락〉을 생각할 수 있는가!

*_+극

〈연극〉 배우가 각본에 따라 어떤 사건이나 인물을 말과 동작으로 관객에게 보여 주는 무대 예술에서 〈희극〉이냐? 〈비극〉이냐?

〈희극〉 웃음을 주조로 하여 인간과 사회의 문제점을 경쾌하고 흥미 있게 다룬 연극이냐?

〈비극〉 인생의 슬픔과 비참함을 제재로 하고 주인공의 파멸, 패배, 죽음 따위의 불행한 결말을 갖는 연극이냐?

〈간극〉 시간 사이의 틈에서 생각해보자!

〈적극〉 대상에 대하여 긍정적이고 능동적으로 활동하는 것은 〈희극〉이냐?

〈소극〉 스스로 앞으로 나아가거나 상황을 개선하려는 기백이 부족하고 비활동적인 것은 〈비극〉이냐?

〈상극〉 둘 사이에 마음이 서로 맞지 아니하여 항상 충돌하는 것
은 〈희극〉이냐? 〈비극〉이냐?

국보 무령왕 금제 관식

＊_글+

글장에는 글자가 있고, 글씨에는 글꼴이 있네.
〈글장〉 글이 적힌 종이
〈글자〉 말을 적는 일정한 체계의 부호
〈글씨〉 쓴 글자의 모양
〈글꼴〉 자형의 양식. 명조, 송조, 청조, 고딕 따위의
　　　　글씨체를 이른다

글감은 글줄이 되고, 글점은 글체가 되네.
〈글감〉 글의 내용이 되는 재료
〈글줄〉 여러 글자를 잇따라 써서 이루어진 줄
〈글점〉 글에서 문장의 구조를 잘 드러내거나 글쓴이의 의도를
　　　　쉽게 전달하기 위하여 쓰는 여러 가지 부호
〈글체〉 문장의 개성적 특색. 시대, 문장의 종류, 글쓴이에 따라
　　　　그 특성이 문장의 전체 또는 부분에 드러난다.

글눈과 글귀는 글발과 글맛으로 더하고, 글벗이 되게 하네.

〈글눈〉 글을 보고 이해하는 능력

〈글귀〉 글을 듣고 이해하는 능력

〈글발〉 읽는 이로 하여금 그 글에 공감하거나

　　　　수긍하게 할 수 있는 글의 힘

〈글맛〉 글월이 가지는 독특한 운치나 글월을 읽으면서

　　　　느끼는 재미

〈글벗〉 글로써 사귄 벗

국보 제70호 훈민정음

* _ +글

〈답글〉에 〈싱글〉, 〈댓글〉에 〈생글〉
〈답글〉 인터넷에 오른 질문에 대하여 답변하는 글
〈댓글〉 인터넷에 오른 원문에 대하여 짤막하게 답하여
　　　올리는 글
〈싱글〉 눈과 입을 슬며시 움직이며 소리 없이 정답게 웃는 모양
〈생글〉 눈과 입을 살며시 움직이며 소리 없이 정답게 웃는 모양
〈쌩글〉 눈과 입을 살며시 움직이며 소리 없이 정답게 웃는 모양.
'생글' 보다 센 느낌을 준다.

〈옛글〉에 〈빙글〉, 〈뒷글〉에 〈벙글〉

〈옛글〉 옛말을 적은 글

〈뒷글〉 배운 글을 익히기 위하여 뒤에 다시 읽는 글

〈빙글〉 입을 슬며시 벌릴 듯 말 듯 하면서 소리 없이
　　　　부드럽게 한 번 웃는 모양

〈벙글〉 입을 조금 크게 벌리고 소리 없이 부드럽게
　　　　한 번 웃는 모양

〈뱅글〉 입을 살며시 벌릴 듯하면서 소리 없이
　　　　보드랍게 한 번 웃는 모양

* _ 기

총 42개 기 찾기

기1 『언어』 '품사'를 달리 이르는 말. 주시경이 만든 말로 뒤에 '씨'로 고쳤다.

기2 『민속』 천간(天干)의 여섯째

기3 『역사』 문무관 출신 이외에 기예로써 관직에 임명된 벼슬아치. 천문관, 금루관, 화원, 녹사, 사자관, 역관, 명과학, 치종 교수, 율원 따위이다

기4 『역사』 중국 오대(五代) 군웅의 한 사람인 이무정(李茂貞)이 907년에 산시성(陝西省)에 세운 나라

기5 상제(喪制)의 몸으로 있는 동안.=상중

기6 '기하다'의 어근 : 꺼리거나 피하다

기7 『지명』 → 치

기8 우리나라 성(姓)의 하나. 본관은 행주(幸州), 장성(長城) 등이 현존한다.

기9 '기하다'의 어근 : 기묘하고 이상하다

기10 『역사』 기전체의 역사에서 제왕의 사적(事跡)을 기록한 글

기11 활동하는 힘

기12 어떠한 기운

기13 『문학』 한문 문체의 하나. 건조물이나 산수의 유람 따위를 적는다.

기14 '기하다'의 어근 : 어떠한 것을 써넣다

기15 『문학』 한시에서, 절구의 첫째 구나 율시의 1, 2구를 이르는 말

기16 『화학』 화학 반응에서, 분해되지 않고 마치 한 원자처럼 행동하는 원자들의 덩어리. 메틸기, 수산기, 황산기 따위가 있다.

기17 무덤, 비석, 탑 따위를 세는 단위

기18 '기하다'의 어근 : 기초를 두다

기19 일정한 기간씩 되풀이되는 일의 하나하나의 과정

기20 '기하다'의 어근 : 기일을 정하여 어떠한 행동이나 일의 계기로 삼다

기21 헝겊이나 종이 따위에 글자나 그림, 색깔 따위를 넣어 어떤 뜻을 나타내거나 특정한 단체를 나타내는 데 쓰는 물건.≒여괴

기22 우리나라 성(姓)의 하나. 본관은 행주(幸州) 하나뿐이다.

기23 『천문』 이십팔수의 일곱째 별자리의 별들. 주성(主星)은 궁수자리의 감마성(γ星)이다.=기성

기24 『역사』 중국 춘추 시대의 한 나라. 진(晉)나라에 멸망하였다.

기25 『불교』 교법을 믿고 실제로 수도할 수 있는 중생의 능력

기26 『한의』 천지 만물을 이루는 형체

기27 음식을 그릇에 담아 그 분량을 세는 단위

기28 『불교』 부처의 가르침에 접하여 발동되는 수행자의 정신적 능력

기29 『천문』 북두칠성의 머리 쪽에 있는 네 개의 별 가운데 셋째 별. 큰곰자리의 감마성(gamma星)으로, 밝기는 2.0등급이다.=천기

기30 『공예』 다리가 세 개 달린 솥. 흔히 두 개의 귀가 붙어 있다.=세발솥.

기31 말을 탄 사람을 세는 단위

기32 외발을 가졌다는 상상 속의 동물

기33 인도의 주요 식용유. 물소 따위의 젖으로 만든 버터를 녹여서 체로 걸러 만든다.

기34 그 말이 명사 구실을 하게 하는 어미

기35 '그것이 이미 된' 또는 '그것을 이미 한' 의 뜻을 더하는 접두사

기36 '피동' 의 뜻을 더하는 접미사

기37 명사를 만드는 접미사

기38 '기운', '느낌', '성분' 의 뜻을 더하는 접미사

기39 '기록' 의 뜻을 더하는 접미사

기40 '기간', '시기'의 뜻을 더하는 접미사

기41 '도구' 또는 '기구'의 뜻을 더하는 접미사

기42 '그런 기능을 하는 기계 장비'의 뜻을 더하는 접미사

* _ +기

기량이 좋고 기질이 좋으면, 기능도 좋다.

〈기량〉 기술상의 재주

〈기질〉 기량과 타고난 성질

〈기능〉 육체적, 정신적 작업을 정확하고 손쉽게 해 주는
              기술상의 재능

기술이 높고 기백이 높으면, 기교가 높다.

〈기술〉 사물을 잘 다룰 수 있는 방법이나 능력

〈기백〉 씩씩하고 굳센 기상과 진취적인 정신

〈기교〉 기술이나 솜씨가 아주 교묘함

기대가 있고 기회가 있으면, 기적도 있다.

〈기대〉 어떤 일이 원하는 대로 이루어지기를 바라면서 기다림

〈기회〉 어떠한 일을 하는 데 적절한 시기나 경우

〈기적〉 상식으로는 생각할 수 없는 기이한 일

기증을 하고 기부도 한다면, 기여도 한다.

〈기증〉 선물이나 기념으로 남에게 물품을 거저 줌

〈기부〉 자선 사업이나 공공사업을 돕기 위하여 돈이나

　　　 물건 따위를 대가 없이 내놓음

〈기여〉 도움이 되도록 이바지함

기본이 되고 기초도 된다면, 기둥이 된다.

〈기본〉 사물이나 현상, 이론, 시설 따위를 이루는 바탕

〈기초〉 사물이나 일 따위의 기본이 되는 것

〈기둥〉 집안이나 단체, 나라 따위에서 의지가 될 만한

　　　 중요한 사람

✱_+기

마음에
씩씩하고 굳센 기운 〈용기〉가 필요하고,

얼굴에
힘을 쓰고 활동하게 하는 원기 〈혈기〉가 필요하고,

걸음에
싱싱하고 힘찬 기운 〈생기〉가 필요하고,

일에는
이루기 위한 중요한 수단이나 도구 〈무기〉가 필요하고,

처음에
행동을 일으키게 하는 계기 〈동기〉가 필요하고,

말에는

알맞은 시기 〈적기〉가 필요하고,

날에는

그날그날 겪은 일이나 생각, 느낌을 적는 개인의 기록 〈일기〉가
필요하다.

*＿덕+

충(忠), 효(孝), 인(仁), 의(義)의 〈덕목〉으로, 어질고 너그러운 마음
씨 〈덕량〉이 생기고, 어질고 너그러운 행실의 〈덕행〉을 쌓아 덕
행으로 얻은 명망의 〈덕망〉이 생긴다.

덕이 있다는 평판의 〈덕성〉으로 덕행과 선행의 〈덕선〉을 세우
고, 덕으로 다스리는 어질고 바른 정치의 〈덕정〉을 쌓아 덕으로
다스리는 정치의 〈덕치〉를 세운다.

〈덕후하다〉 덕이 후하다

*_+덕

사회의 구성원들이 양심, 사회적 여론, 관습 따위에 비추어 스스로 마땅히 지켜야 할 행동 준칙이나 규범의 〈도덕〉을 지키는 자!

타고난 복과 후한 마음 〈복덕〉으로 남에게 알려지지 아니하게 행하는 〈음덕〉과 아름답고 갸륵한 〈미덕〉의 덕행이 다른 사람의 도움을 많이 받는 〈인덕〉이 있는 자!

착한 일을 하여 쌓은 업적의 〈공덕〉이 넓고 큰 덕 〈대덕〉과 은혜로운 덕 〈은덕〉을 만물을 성성하게 하는 하느님의 〈천덕〉을 받는 자!

〈후덕하다〉 덕이 후하다

국보 김홍도필
군선도 병풍

*_+덕

유교 사회의 〈삼덕〉

정직(正直) · 강(剛) · 유(柔) 또는 지(智) · 인(仁) · 용(勇)

인륜의 〈사덕〉

효(孝), 제(悌), 충(忠), 신(信)

유학에서 이르는 〈오덕〉

온화 · 양순 · 공손 · 검소 · 겸양

사람으로서 갖추어야 할 도의(道義) 〈육덕〉

지(知), 인(仁), 성(聖), 의(義), 충(忠), 화(和)

무력을 가진 자가 지켜야 하는 〈칠덕〉

금포(禁暴), 즙병(楫兵), 보대(保大), 정공(定功), 안민(安民), 화중(和衆), 풍재(豊財)

* _ 도+

〈도도하다〉 화평하고 즐겨라.

〈도약〉 더 높은 단계로 발전하라.

〈도취〉 마음이 쏠려 취하다시피 하지 마라.

〈도전〉 어려운 사업과 기록 경신 따위에 맞서라.

〈도모〉 어떤 일을 이루기 위하여 대책과 방법을 세워라.

〈도태〉 여럿 중에서 불필요하거나 무능한 것을 줄여 없애라.

〈도리〉 사람이 어떤 입장에서 마땅히 행하여야 할 바른길을 가라.

〈도량〉 사물을 너그럽게 용납하여 처리할 수 있는

　　　넓은 마음을 가져라.

국보 불국사
연화교칠보교 계단

* _ +도

도리의 도
〈정도〉 올바른 길 또는 정당한 도리
〈세도〉 세상을 올바르게 다스리는 도리
〈인도〉 사람으로서 마땅히 지켜야 할 도리

정도의 도
〈강도〉 센 정도
〈경도〉 기울어진 정도
〈밀도〉 내용이 얼마나 충실한가의 정도

어떤 일의 도
〈기도〉 어떤 일을 이루려고 꾀함
〈태도〉 어떤 일이나 상황 따위를 대하는 마음가짐
〈방도〉 어떤 일을 하거나 문제를 풀어 가기 위한 방법과 도리

국가무형문화재 탕건장 정자관 완성 모습

*_+도

이끎의 도
〈제도〉 잡아 이끎
〈주도〉 주동적인 처지가 되어 이끎
〈전도〉 앞길을 인도함. 또는 앞서서 이끎
〈지도〉 어떤 목적이나 방향으로 남을 가르쳐 이끎
〈유도〉 사람이나 물건을 목적한 장소나 방향으로 이끎

독서의 도
〈독서삼도(讀書三到)〉 독서를 하는 세 가지 방법. 입으로 다른 말을 아니 하고 책을 읽는 구도(口到), 눈으로 다른 것을 보지 않고 책만 잘 보는 안도(眼到), 마음속에 깊이 새기는 심도(心到)를 이른다.
〈구도〉 글을 읽을 때 입으로 다른 말을 하지 않고 책에 집중하는 일을 이른다.
〈안도〉 글을 읽을 때에는 책에서 눈을 떼지 않음을 이른다.
〈심도〉 마음이 글 읽는 데만 열중하고 다른 것은 생각하지 않는 독서 태도를 이른다.

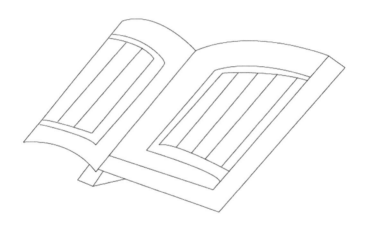

*_+득

〈이득〉 이익을 얻는 방법은?

얻어 내거나 얻어 가지는 〈획득〉
몸소 체험하여 알게 되는 〈체득〉
자기 것으로 만들어 가지는 〈취득〉
물건 따위를 팔고 그 값을 받는 〈매득〉
깊이 생각하여 이치를 깨달아 알아내는 〈터득〉
일한 결과로 얻은 정신적·물질적 이익의 〈소득〉
학문이나 기술 따위를 배워서 자기 것으로 하는 〈습득〉
상대편이 이쪽 편의 이야기를 따르도록 여러 가지로 깨우쳐
말하는 〈설득〉

＊_+력

사람의 힘

〈중력〉 여러 사람의 힘

〈탄력〉 용수철처럼 튀거나 팽팽하게 버티는 힘

〈사력〉 목숨을 아끼지 않고 쓰는 힘

〈괴력〉 괴상할 정도로 뛰어나게 센 힘

〈인력〉 사람의 힘

노력의 힘

〈매력〉 사람의 마음을 사로잡아 끄는 힘

〈재력〉 재물의 힘

〈지력〉 지식의 힘

〈능력〉 일을 감당해 낼 수 있는 힘

〈체력〉 육체적 활동을 할 수 있는 몸의 힘

〈노력〉 힘을 들여 일함, 생산품을 만드는 데에 소요되는 인간의

정신적 · 육체적인 모든 능력

협력의 힘

〈국력〉 한 나라가 지닌 정치, 경제, 문화, 군사 따위의

　　　　모든 방면에서의 힘

〈병력〉 군대의 힘

〈권력〉 남을 복종시키거나 지배할 수 있는 공인된 권리와 힘

〈세력〉 권력이나 기세의 힘

〈협력〉 힘을 합하여 서로 도움

*_ +만

〈자만〉과 〈교만〉은 〈이만〉하고,

〈자만〉 자신이나 자신과 관련 있는 것을 스스로 자랑하며 뽐냄
〈교만〉 잘난 체하며 뽐내고 건방짐
〈이만〉 이 정도로 하고

〈태만〉과 〈불만〉은 〈그만〉하자.

〈태만〉 열심히 하려는 마음이 없고 게으름
〈불만〉 마음에 흡족하지 않음
〈그만〉 그 정도까지만

* _ 만+

⟨만사⟩는 ⟨만끽⟩하니, ⟨만인⟩은 ⟨만능⟩하네.

⟨만사⟩ 여러 가지 온갖 일
⟨만끽⟩ 욕망을 마음껏 충족함

⟨만인⟩ 모든 사람
⟨만능⟩ 모든 일에 다 능통하거나 모든 일을 다 할 수 있음

⟨만방⟩에 ⟨만발⟩하니, ⟨만전⟩에 ⟨만세⟩하네.

⟨만방⟩ 세계의 모든 나라
⟨만발⟩ 꽃이 활짝 다 핌

⟨만전⟩ 조금도 허술함이 없이 아주 완전함
⟨만세⟩ 바람이나 경축, 환호를 나타내기 위하여 두 손을
　　　높이 들면서 외치는 말에 따라 행하는 동작

국가등록문화재 대한독립만세 태극기

*_말+

〈말년〉 일생의 마지막 무렵
〈말로〉 사람의 일생 가운데에서 마지막 무렵

〈말기〉 정해진 기간이나 일의 끝이 되는 시기
〈말세〉 정치, 도덕, 풍속 따위가 아주 쇠퇴하여 끝판이 다 된 세상

하나님이 자신의 계획과 목적을 인간에게 알리고 그것을 성취시
키는 데 쓴 수단 〈말씀〉뿐이네.

국보 경주 천마총 장니 천마도

* _ +말

경마에서 나쁜 말은 절대로 좋은 말을 못 이긴다.

나쁜 말
〈빈말〉 실속 없이 헛된 말
〈두말〉 이랬다저랬다 하는 말
〈긴말〉 길게 말을 늘어놓음. 또는 그 말
〈딴말〉 주어진 상황과 아무런 관련이 없는 말
〈겉말〉 마음으로는 그렇지 않으면서 겉으로만 꾸미는 말
〈막말〉 나오는 대로 함부로 하거나 속되게 말함.
　　　또는 그렇게 하는 말

좋은 말
〈참말〉 사실과 조금도 틀림이 없는 말
〈정말〉 거짓이 없이 말 그대로임. 또는 그런 말

✳_희+

바라던 일이 뜻대로 되지 아니하여 마음이 몹시 상해도
〈실망〉하거나,
바라볼 것이 없게 되어 모든 희망을 끊어 버리는 〈절망〉하지 마라.

행동이나 말이 가볍고 조심성이 없어 〈경망〉하거나,
못마땅하게 여기어 탓하거나 불평을 품고 미워도 〈원망〉하지 마라.

낯을 들고 대하기가 부끄러워도 〈민망〉하거나,
피하거나 쫓기어 달아나 〈도망〉가지 마라.

부족을 느껴 무엇을 가지거나 누리
고자 탐하는 〈욕망〉보다
본디부터 늘 바라던 일 〈소망〉,
어떤 일을 이루거나 하기를 바라는
〈희망〉을 간직하라.

*_망+

〈망각〉 외부 세계의 자극을 잘못 지각하거나 없는 자극을
　　　　있는 것처럼 생각함
〈망상〉 이치에 맞지 아니한 망령된 생각을 함
〈망념〉 이치에 맞지 아니한 망령된 생각을 함

〈망막〉 뚜렷한 구별이 없다고 생각을 함
〈망명〉 죽을죄를 지은 사람이 몸을 숨겨 멀리 도망함
〈망설〉 사실이 아닌 것을 사실인 것처럼 꾸며대어 말을 함

〈망언〉 이치나 사리에 맞지 아니하고 망령되게 말함
〈망구〉 늙은 여자를 낮잡아 이르는 말함
〈망발〉 망령이나 실수로 그릇된 말이나 행동을 함

함함함 함함함 함함함에 〈망치〉 단단한 물건이나 불에 달군 쇠
를 두드리는 데 쓰는, 쇠로 만든 연장으로 탕탕탕 탕탕탕 탕탕탕

*_ +명

생물로서 살아 있게 하는 힘 〈생명〉은
살아 있는 연한 〈수명〉이 있고, 떨치는 이름 〈성명〉이 있다.

날 때부터 타고난 정해진 운명 〈숙명〉이 있을까?
인간을 포함한 모든 것을 지배하는 초인간적인 힘 〈운명〉이
있을까?

사람의 생명을 좌우할 권한을 가지는 〈사명〉이 없다면?
목숨을 겨우 이어 살아가는 〈연명〉이 아닐까?

산뜻하고 뚜렷하여 다른 것과 혼동되지 않는 〈선명〉한 생각과
어질고 슬기로워 사리에 밝은 〈현명〉한 행동이 있다면?

이전의 관습이나 제도, 방식 따위를 단번에 깨뜨리고
질적으로 새로운 것을 급격하게 세우는 일 〈혁명〉할 수 있지
않을까?

인류가 이룩한 물질적, 기술적, 사회 구조적인 발전.
자연 그대로의 원시적 생활에 상대하여 발전되고 세련된 삶의
양태 〈문명〉은?

아직까지 없던 기술이나 물건을 새로 생각하여 만들어 내는
〈발명〉이 필요할까?
아니면 어떤 사실을 자세히 따져서 바로 밝히는 〈규명〉이
필요할까?

흥겨운 신이나 멋 〈신명〉나게
어떤 대상 〈명〉을 일정한 관점으로 바라봄으로 〈조명〉해 본다.

* _ 명+

〈명견〉 혈통이 좋은 개
〈명곡〉 이름난 악곡. 또는 뛰어나게 잘된 악곡
〈명성〉 세상에 널리 퍼져 평판 높은 이름
〈명문〉 이름 있는 문벌. 또는 훌륭한 집안
〈명당〉 어떤 일에 썩 좋은 자리
〈명소〉 경치나 고적, 산물 따위로 널리 알려진 곳
〈명의〉 병을 잘 고쳐 이름난 의원이나 의사
〈명언〉 사리에 맞는 훌륭한 말
〈명품〉 뛰어나거나 이름난 물건. 또는 그런 작품

〈명상〉 고요히 눈을 감고 깊이 생각해보면,
〈명쾌〉 명랑하고 쾌활하고,
〈명랑〉 유쾌하고 활발하고,
〈명확〉 명백하고 확실하고,
〈명철〉 총명하고 사리 밝고,
〈명료〉 뚜렷하고 분명하고,

〈명시〉 분명하게 드러내 보인다.

〈명칭〉 사람이나 사물의 이름에는

〈명예〉 세상에서 훌륭하다고 인정되는 이름이나 자랑.

　　또는 그런 존엄이나 품위가 있다.

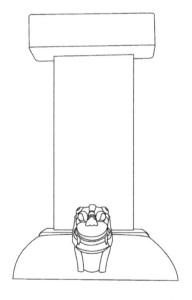

* _ 무+

〈무림〉 무협(武俠)의 세계에서
〈무사〉 무예를 익히어 그 방면에 종사하는 사람은
〈무기〉 싸움에 사용되는 기구와
〈무술〉 무기 쓰기, 주먹질, 발길질, 말달리기 따위의 무도에
　　　　관한 기술이 있다.

〈무인〉 무예를 닦은 사람은
〈무고〉 아무런 까닭이 없이
〈무력〉 때리거나 부수는 따위의 육체를 사용한 힘을 숨긴 채
〈무게〉 사람 됨됨이의 침착하고 의젓함이 있다.

〈무도〉 말이나 행동이 인간으로서 지켜야 할 도리에
　　　　어긋나서 막되거나
〈무법〉 법이나 제도가 확립되지 않고 질서가 문란함에 있어
〈무장〉 전투에 필요한 장비를 갖추고
〈무적〉 매우 강하여 겨룰 만한 맞수가 없다.

〈무리〉 함께 일하는 사람들이 같이 떼를 지어 나오지 않고

〈무상〉 어떤 행위에 대하여 아무런 대가나 보상이 없이

〈무명〉 이름이 없거나 이름을 알 수 없다.

국보 도기 기마인물형 명기 반배경 문화재대관

＊ _ +무

〈용무〉 해야 할 일

〈재무〉 돈이나 재산에 관한 일

〈임무〉 맡은 일. 또는 맡겨진 일

〈군무〉 군인으로서 군대에 복무하는 일

〈의무〉 사람으로서 마땅히 하여야 할 일

〈업무〉 직장 같은 곳에서 맡아서 하는 일

〈국무〉 나라를 맡아 다스리고 이끌어 가는 일

〈시무〉 관공서 따위에서 연초에 근무를 시작하는 일

일은 짝이 되어 함께하는 사람 〈동무〉가 필요하고,

〈직무〉 직책이나 직업상에서 책임을 지고 담당하여 맡은 사무

〈총무〉 어떤 기관이나 단체의 전체적이며 일반적인 사무

〈서무〉 특별한 명목이 없는 여러 가지 일반적인 사무

〈세무〉 세금을 매기고 거두어들이는 일에 관한 사무

〈정무〉 정치나 국가 행정에 관계되는 사무

〈잡무〉 여러 가지 자질구레한 사무

〈노무〉 노동에 관련된 사무

〈공무〉 공장에 관한 사무

 사무는 한동안 쉬는 〈휴무〉가 필요하다.

*_+문

〈질문〉 알고자 하는 바를 얻기 위해 물어라.
그리고 〈의문〉 의심스럽게 생각하라.

〈반문〉 물음에 대답하지 아니하고 되받아 물어라.
그리고 〈답문〉 물음에 대답하라.

〈견문〉 보거나 들어라.
그리고 〈영문〉 일이 돌아가는 형편이나 그 까닭을 알라.

〈논문〉 어떤 것에 관하여 체계적으로 자기 의견이나 주장을 적
은 글을 보아라.
그리고 〈학문〉 어떤 분야를 체계적으로 배워서 익혀라.

〈전문〉 어떤 분야에 상당한 지식과 경험을 가지고 오직 그 분야
만 연구하라.
그리고 〈자문〉 전문가들로 이루어진 기구에 의견을 구하라.

〈방문〉 어떤 사람이나 장소를 찾아가서 만나라.

그리고 〈인문〉 인류의 문화를 보아라.

*_문+

〈문자〉 인간의 언어를 적는 데 사용하는 시각적인 기호 체계에
는 〈문법〉 말의 구성 및 운용상의 규칙이 있다.

〈문장〉 생각이나 감정을 말과 글로 표현할 때 완결된 내용을 나
타내는 최소의 단위에는 〈문체〉 문장의 개성적 특색이 있다.

〈문맥〉 글월에 표현된 의미의 앞뒤 연결에는 〈문구〉 글의 구절
이 있다.

〈문답〉 물음과 대답. 또는 서로 묻고 대답함에는 〈문력〉 글을 아
는 힘이 있다.

〈문서〉 글이나 기호 따위로 일정한 의사나 관념 또는 사상을 나
타낸 것에는 〈문제〉 논쟁, 논의, 연구 따위의 대상이 되는 것이
있다.

〈문인〉 학문에 종사하는 사람에게는 〈문방〉 서적을 갖추어 두고 책을 읽거나 글을 쓰는 방이 있다.

〈문학〉 사상이나 감정을 언어로 표현한 예술에는 〈문명〉 인류가 이룩한 물질적, 기술적, 사회 구조적인 발전이 있다.

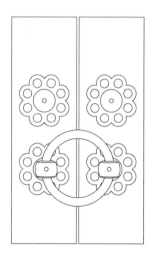

*_ 물+

물과 질체건성리욕

⟨물질⟩ '물체의 본바탕' 은 물체에 있고,

⟨물체⟩ '물건의 형체' 는 물건에 있고,

⟨물건⟩ '일정한 형체를 갖춘 모든 물질적 대상' 은 다시 물질에 있다.

⟨물성⟩ '물질이 가지고 있는 성질' 은

⟨물리⟩ '사물(=일과 물건)에 대한 이해나 판단의 힘' 이지만,

⟨물욕⟩ '재물(=어떤 자리에 있는 물건)을 탐내는 마음' 은

⟨물리⟩ '모든 사물의 이치' 에서 멀어지게 한다.

국가무형문화재
선자장 완성된 합죽선
펼친 모습

＊ _+물

세상의 〈4 대물〉 큰 물건은?

〈1. 재물〉 돈이나 그 밖의 값나가는 모든 물건

〈2. 보물〉 썩 드물고 귀한 가치가 있는 보배로운 물건

〈3. 선물〉 남에게 어떤 물건 따위를 선사함. 또는 그 물건

〈4. 예물〉 고마움을 나타내거나 예의를 갖추기 위하여 보내는 돈이나 물건

* _ +물

세상의 〈인물〉이 있다.
: 일정한 상황에서 어떤 역할을 하는 사람

감동의 〈눈물〉이 있다.
: 눈알 바깥면의 위에 있는 눈물샘에서 나오는 분비물. 늘 조금
씩 나와서 눈을 축이거나 이물질을 씻어 내는데, 자극이나 감동
을 받으면 더 많이 나온다.

사물의 〈격물〉이 있다.
: ≪대학≫에서, 이상적인 정치를 하기 위한 첫 단계를 이르는
말. 주자학에서, 사물의 이치를 연구하여 끝까지 따지고 파고들
어 궁극에 도달함을 이르는 말. 양명학에서, 사물에 의지가 있다
고 보아 그에 의하여 마음을 바로잡음을 이르는 말.

하루의 〈금물〉이 있다.
: 해서는 안 되는 일

생명의 〈생물〉이 있다.

: 생명을 가지고 스스로 생활 현상을 유지하여 나가는 물체. 영양 · 운동 · 생장 · 증식을 하며, 동물 · 식물 · 미생물로 나뉜다.

국가등록문화재 일제 주요 감시대상 인물카드

*_미+

미인의 기준

〈미인〉 아름다운 사람은

〈미백〉 살갗을 아름답고
　　　 희게 하거나

〈미용〉 얼굴을 아름답게
　　　 매만짐으로 아름답게
　　　 보이려고 하는 것보다

〈미소〉 소리 없이 빙긋이 웃는

〈미덕〉 아름답고 갸륵한 덕행으로
　　　 진정한 아름다운
　　　 자신을 볼 수 있다.

보물 제1973호 신윤복 필 미인도

* _ 미+

미래의 기준

〈미래〉 앞으로 올 때는
〈미리〉 어떤 일이 생기기 전이요.

〈미래〉 앞으로 올 때는
〈미결〉 아직 결정하지 아니함이요.

〈미래〉 앞으로 올 때는
〈미흡〉 아직 만족스럽지 않음이요.

〈미래〉 앞으로 올 때는
〈미련〉 깨끗이 잊지 못하고 끌리는 데가
　　　　남아 있지 않음이라.

* _ +미

〈흥미〉 어떤 대상에 마음이 끌린다는 감정을 수반하는
　　　　관심이 없다면
〈무미〉 재미가 없다.

〈재미〉 아기자기하게 즐거운 기분이나 느낌이 없다면
〈무미〉 재미가 없다.

〈취미〉 전문적으로 하는 것이 아니라 즐기기 위하여
　　　　하는 일이 없다면
〈무미〉 재미가 없다.

〈탐미〉 아름다움을 추구하여 거기에 빠지거나 깊이
　　　　즐김이 없다면
〈무미〉 재미가 없다.

〈진미〉 진정한 취미나 참된 맛은

〈의미〉 말이나 글의 뜻을 이해하는 것에서 시작된다.

✻_ 변+

사물의 성질, 모양, 상태 따위가 바뀌어 달라지는 〈변화〉의 단어
들 변함, 달라짐, 고침, 바뀜, 만듦, 바꿈, 달라지게 함.

〈변이〉 세월의 흐름에 따라 바뀌고 변함
〈변천〉 세월의 흐름에 따라 바뀌고 변함

〈변태〉 본래의 형태가 변하여 달라짐
〈변색〉 빛깔이 변하여 달라짐

〈변경〉 다르게 바꾸어 새롭게 고침
〈변개〉 다르게 바꾸어 새롭게 고침

〈변모〉 모양이나 모습이 달라지거나 바뀜
〈변환〉 달라져서 바뀜

〈변조〉 이미 이루어진 물체 따위를 다른 모양이나 다른

물건으로 바꾸어 만듦

〈변작〉 이미 이루어진 물체 따위를 다른 모양이나

　　　다른 물건으로 바꾸어 만듦

〈변신〉 몸의 모양이나 태도 따위를 바꿈

〈변명〉 이름을 달리 바꿈

〈변형〉 모양이나 형태가 달라지거나 달라지게 함

〈변혁〉 급격하게 바꾸어 아주 달라지게 함

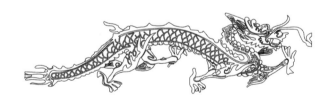

*_+변

어떤 대상의 둘레 〈주변〉에서 찾아보자.

물음에 대하여 밝혀 대답하는 〈답변〉을 잘하는 사람을 보면,
진짜 말을 다루는 것처럼 능숙하여 막힘없이 〈달변〉을 잘한다.

말이 통하지 아니하는 사람 사이에서
뜻이 통하도록 말을 옮겨 주며 〈통변〉하고,

어떤 사람이나 단체를 대신하여
그의 의견이나 태도를 표현하는 〈대변〉까지

말을 잘하는 재주 〈언변〉 하나로

예상하지 못한 괴상한 재난의 〈괴변〉과
뜻밖에 당하는 끔찍하고 비참한 재앙인 〈참변〉 속에서
벗어난다.

* _ 복+

직장의 〈복귀〉, 나는 복 받았다.
: 본디의 자리나 상태로 되돌아감

사회의 〈복지〉, 나는 복 받았다.
: 행복한 삶

수해의 〈복구〉, 나는 복 받았다.
: 손실 이전의 상태로 회복함

행운의 〈복권〉, 나는 복 받았다.
: 추첨 따위를 통하여 일치하는 표에 대해서 상금이나
상품을 준다.

육체의 〈복근〉, 나는 복 받았다.
: 복부에 있는 근육

영혼의 〈복음〉, 나는 복 받았다.

: 기쁜 소식

*_봄+

봄

봄날

봄길 위

봄싹 보니

봄꽃 보이고

봄내 도록 보고

봄새 또 봄새 또 봄새

〈봄〉한 해의 네 철 가운데 첫째 철

〈봄날〉봄철의 날. 또는 그날의 날씨

〈봄싹〉봄철에 돋아나는 새싹

〈봄꽃〉봄에 피는 꽃

〈봄내〉봄철 동안 내내

〈봄새〉봄철이 지나는 동안

＊ _ +복

사람의 〈1. 의복〉

〈평복〉 평상시에 입는 옷

〈철복〉 제철에 알맞은 옷

〈한복〉 우리나라의 고유한 옷

〈예복〉 의식을 치르거나 특별히 예절을 차릴 때에 입는 옷

〈제복〉 학교나 관청, 회사 따위에서 정하여진 규정에 따라
　　　　입도록 한 옷

사람의 〈2. 행복〉

〈천복〉 하늘이 내려 준 복

〈일복〉 늘 할 일이 많은 복

〈다복〉 복이 많음. 또는 많은 복

〈인복〉 다른 사람의 도움을 많이 받는 복

〈돈복〉 별다른 노력이 없이 많은 돈을 가지게 되는 복

사람의 〈3. 반복〉

〈번복〉 이리저리 뒤쳐 고침

〈자복〉 저지른 죄를 자백하고 복종함

〈극복〉 악조건이나 고생 따위를 이겨 냄

〈보복〉 남이 저에게 해를 준 대로 저도 그에게 해를 줌

〈회복〉 원래의 상태로 돌이키거나 원래의 상태를 되찾음

✳_ +봉+

일봉투
〈일봉〉 매일 받는 일정한 보수
〈봉투〉 편지나 서류 따위를 넣기 위하여 종이로 만든 주머니

연봉급
〈연봉〉 일 년 동안에 받는 봉급의 총액
〈봉급〉 어떤 직장에서 계속적으로 일하는 사람이 그 일의
　　　 대가로 정기적으로 받는 일정한 보수

밀봉인
〈밀봉〉 단단히 붙여 꼭 봉함
〈봉인〉 밀봉(密封)한 자리에 도장을 찍음

개봉함
〈개봉〉 봉하여 두었던 것을 떼거나 엶
〈봉함〉 편지를 봉투에 넣고 봉함

양봉사

〈양봉〉 꿀을 얻기 위하여 벌을 기름

〈봉사〉 국가나 사회 또는 남을 위하여 자신을 돌보지

　　　아니하고 힘을 바쳐 애씀

*_부+

재물이 넉넉하여 〈부유〉하고,
재물이 많아 살림이 넉넉한 사람 〈부자〉의 행동은?

올바르지 아니하거나 옳지 못한 〈부정〉을 하지 않고,
정치, 사상, 의식 따위가 타락하는 〈부패〉를 멀리하고,
내용이 실속이 없고 충분하지 못한 〈부실〉을 바로잡고,
어음이나 수표를 가진 사람이 기한이 되어도 어음이나
수표에 적힌 돈을 지급받지 못하는 〈부도〉를 막고 지킨다.

어떠한 의무나 책임을 〈부담〉하고,
권리·명예·임무 따위를 지니도록 〈부여〉하며,
필요한 양이나 기준에 미치지 못해 충분하지 못한 〈부족〉을
채우며,
이치에 맞지 아니한 〈부당〉에 서로 맞대어 붙임으로 사회에
〈부합〉한다.

보물 금귀걸이

＊_공+

학문이나 기술을 배우고 익히는 〈공부〉에 있어
자기를 가르쳐서 인도하는 사람 〈사부〉의 가르침에
따라 행하고,

비위를 맞추어 알랑거리는 〈아부〉하지 않고,
편안하게 잘 지내고 있는지 그렇지 아니한지에 대한 소식의
〈안부〉를 전하라.

〈공부〉의 이김과 짐의 〈승부〉는
참됨과 거짓됨 또는 진짜와 가짜의 〈진부〉의 사이에 있고,

바깥 부분 〈외부〉가 아닌 안쪽의 부분 〈내부〉에 있는
마음속에 지니고 있는 미래에 대한 계획이나 희망의
〈포부〉에 달라지니라.

김홍도필 풍속도 화첩

*_+비

내다보이는 장래의 상황 〈비전〉을 위하여

미리 마련하여 갖추어 〈준비〉하고,
있어야 할 것을 빠짐없이 다 갖추어 〈구비〉하고,
앞으로 일어날지도 모르는 어떠한 일에 대응하기 위하여
〈대비〉하고,
더 높은 단계로 넘어가기 위하여 〈예비〉하고,
일이 되어 가는 과정에서 가장 중요한 단계나 대목인 〈고비〉에는
외부의 공격을 막아 〈수비〉하고,
눈과 비 〈눈비〉를 가리기 위하여 〈우비〉를 사용하고,
남을 깊이 사랑하여 가엾게 여겨서 베푸는 〈자비〉하고,
빠짐없이 완전히 갖추어 〈완비〉하고,

하고, 하고, 하고, 하고, 하고, 하고, 하고, 하고~

김홍도필 풍속도 화첩

* _비+

내다보이는 장래의 상황 〈비전〉이 있는 사람은?
숨기어 남에게 드러내거나 알리지 말아야 〈비밀〉이 있다.

내다보이는 장래의 상황 〈비전〉이 있는 사람은?
둘 이상의 사물을 견주어 서로 간의 유사점, 차이점, 일반 법칙
따위를 고찰하는 일, 〈비교〉하지 않는다.

내다보이는 장래의 상황 〈비전〉이 있는 사람은?
남을 비웃고 헐뜯어서 말, 〈비방〉하지 않는다.

내다보이는 장래의 상황 〈비전〉이 있는 사람은?
자기 자신을 낮추거나 업신여겨 낮추는 것, 〈비하〉하지 않는다.

내다보이는 장래의 상황 〈비전〉이 있는 사람은?
보통 수준보다 훨씬 뛰어나 〈비범〉하다.

내다보이는 장래의 상황 〈비전〉이 있는 사람은?

현상이나 사물의 옳고 그름을 판단하여 밝히거나 잘못된 점을

지적하는 〈비판〉에서 벗어난다.

* _ 생+

〈생명〉 사람이 살아서 숨 쉬고 활동할 수 있게 하는 힘은
〈생각〉 사물을 헤아리고 판단하는 작용을 통해
〈생기〉 싱싱하고 힘찬 기운이 생기네.

〈생물〉 생명을 가지고 스스로 생활 현상을 유지하여
　　　　나가는 물체는
〈생리〉 생활하는 습성이나 본능에 따라
〈생동〉 생기 있게 살아 움직이네.

〈생존〉 살아 있음은
〈생업〉 살아가기 위하여 하는 일이 있고,
〈생산〉 인간이 생활하는 데 필요한 각종 물건을 만드네.

〈생일〉 세상에 태어난 날부터
〈생애〉 살아 있는 한평생의 기간 동안
〈생육〉 낳아서 기르네.

〈생계〉 살림을 살아나갈 방도는

〈생장〉 나서 자라는 과정에서

〈생성〉 일과 물건이 생겨 이루어지네.

* _ +생

〈인생〉 세상을 살아가는 나

〈자생〉 자기 자신의 힘으로 살거나

〈공생〉 서로 도우며 함께 살거나

〈살생〉 생물을 죽이거나

〈방생〉 사람에게 잡힌 생물을 놓아주거나

〈기생〉 한쪽이 이익을 얻고 다른 쪽이 해를 입거나

〈희생〉 다른 사람을 위하여 자신의 목숨, 재산, 명예,

　　　　이익 따위를 바치거나

〈회생〉 거의 죽어 가다가 다시 살거나

〈재생〉 타락하거나 희망이 없어졌던 사람이

　　　　다시 올바른 길을 찾아 살거나

국보 금동미륵보살반가사유상

*_성+

성실,
정성스럽고 참됨 위에?

성찰,
자기의 마음을 반성하고 살핌 위에

성숙,
몸과 마음이 자라서 어른스럽게 됨 위에

성장,
자라서 점점 커짐 위에

성공,
목적하는 바를 이룸 위에

성인,

지혜와 덕이 매우 뛰어나 길이 우러러 본받을 만한 사람 위에

성문,

성인(聖人)의 도(道)에 들어가는 문 위에

성명,

세상에 널리 퍼져 평판 높은 이름이 있다.

내가 원하는 성을 쌓고 있는가?

＊_+성

(여성+모성) + (남성+부성) +정성 = 장성

〈여성〉 성(性)의 측면에서 여자를 이르는 말

〈모성〉 여성이 어머니로서 가지는 정신적 · 육체적 성질

〈남성〉 성(性)의 측면에서 남자를 이르는 말

〈부성〉 남성이 아버지로서 가지는 정신적 · 육체적 성질

〈정성〉 온갖 힘을 다하려는 참되고 성실한 마음

〈장성〉 자라서 어른이 됨

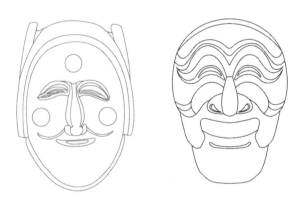

이성 + 감성 + 지성 = 인성

〈이성〉 인간을 다른 동물과 구별시켜 주는 인간의 본질적
　　　　특성이다.

〈감성〉 외계의 대상을 오관(五官)으로 감각하고 지각하여
　　　　표상을 형성하는 인간의 인식 능력

〈지성〉 지각된 것을 정리하고 통일하여, 이것을 바탕으로
　　　　새로운 인식을 낳게 하는 정신 작용

〈인성〉 사람의 성품

＊_+성

적성 + 조성 + 양성 + 육성 = 대성

〈적성〉 어떤 일에 알맞은 성질이나 적응 능력.

　　　또는 그와 같은 소질이나 성격

〈조성〉 무엇을 만들어서 이룸

〈양성〉 실력이나 역량 따위를 길러서 발전시킴

〈육성〉 길러 자라게 함

〈대성〉 크게 이룸. 또는 그런 성과

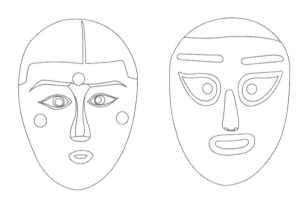

개성 + 각성 + 근성 + 명성 = 완성

〈개성〉 다른 사람이나 개체와 구별되는 고유의 특성

〈각성〉 깨어 정신을 차림

〈근성〉 정성을 다하여 바치는 마음

〈명성〉 세상에 널리 퍼져 평판 높은 이름

〈완성〉 완전히 다 이룸

＊ 세+

대상이나 현상의 모든 범위
〈세계〉에 살면서 관심을 갖고 있나요?

사람이 살고 있는 〈세상〉
같은 시대에 살면서 공통의 의식을 가지는 비슷한 〈세대〉
흘러가는 〈세월〉
서투르거나 어색한 데가 없이 미끈하게 갈고닦아 〈세련〉된다.

사람이 살고 있는 사회의 일반적인 〈세속〉
세상살이에 대한 온갖 〈세념〉
여러 갈래로 자세히 나누거나 잘게 가른 〈세분〉
사람이 본디 가지고 있던 의식을 다른 방향으로 바꾸고
〈세뇌〉된다.

깨끗이 〈세척〉, 새로 〈세팅〉
사람에게 모든 죄악을 씻는 표시로 베푸는 〈세례〉

잔손을 많이 들여 정밀하게 〈세공〉

세상을 올바르게 다스리는 도리, 세상을 살아가는 길이

〈세도〉한다.

지구상의 모든 나라 〈세계〉를 알면서 관계를 맺고 있다.

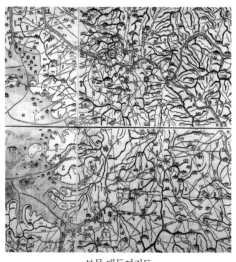

보물 대동여지도

* _ +세

기세를 알아야 강세, 허세, 운세, 위세의 상태가 보인다.

〈강세〉 강한 세력이나 기세

〈허세〉 실속이 없이 겉으로만 드러나 보이는 기세

〈운세〉 운명이나 운수가 닥쳐오는 기세

〈위세〉 위엄이 있거나 맹렬한 기세

〈기세〉 기운차게 뻗치는 모양이나 상태

섬세를 알아야 세세, 미세, 명세, 태세가 세밀히 보인다.

〈세세〉 매우 자세하다

〈미세〉 몹시 자세하고 꼼꼼함

〈명세〉 분명하고 자세함

〈태세〉 어떤 일이나 상황을 앞둔 태도나 자세

〈섬세〉 매우 찬찬하고 세밀하다

처세를 알아야 창세, 차세, 난세, 말세의 세상이 보인다.

〈창세〉 기세 좋게 잘되어 나가는 세상

〈차세〉지금 살고 있는 세상

〈난세〉전쟁이나 무질서한 정치 따위로 어지러워 살기
　　　힘든 세상

〈말세〉정치, 도덕, 풍속 따위가 아주 쇠퇴하여 끝판이
　　　다 된 세상

〈처세〉사람들과 사귀며 살아감. 또는 그런 일

* _ 소+

자신의 소원과 소망이 무엇인지 스스로 소명할 수 있나요?

〈소원〉 어떤 일이 이루어지기를 바람
〈소망〉 어떤 일을 바람
〈소명〉 까닭이나 이유를 밝혀 설명함

자신을 소개하고 소식을 주고받으면서 즐겁게 소통할 수 있
나요?

〈소개〉 서로 모르는 사람들 사이에서 양편이 알고 지내도록
　　　관계를 맺어 줌
〈소식〉 멀리 떨어져 있는 사람의 사정을 알리는 말이나 글
〈소통〉 막히지 아니하고 잘 통함

자신의 소리가 소란하지 않고 소음이 되지 않기 위해 무엇을 하고 있나요?

〈소리〉 사람의 목소리

〈소란〉 시끄럽고 어수선함

〈소음〉 불규칙하게 뒤섞여 불쾌하고 시끄러운 소리

✳ _ +소

〈해소〉 어려운 일이나 문제가 되는 상태를 해결하여 없애 버리는 방법들

1. 간략하고 소박하게 〈간소〉한다.

2. 모양이나 규모 따위를 줄여서 작게 〈축소〉한다.

3. 양이나 수치를 줄이는 〈감소〉한다.

4. 약하고 작게 〈약소〉한다.

5. 발표한 의사를 거두어들이거나 예정된 일을 없애 버리는
   〈취소〉한다.

6. 크게 웃으며 〈대소〉한다.

7. 더럽거나 어지러운 것을 쓸고 닦아서 깨끗하게 〈청소〉한다.

8. 남을 비방하거나 비난하여 웃는 〈비소〉하지 않는다.

9. 사물을 보는 안목이나 아량이 좁아 〈협소〉하지 않게 한다.

10. 미운 사람이 잘못되는 것을 보고 속이 시원하고 재미있어
    〈고소〉해하지 않는다.

11. 사물의 성립이나 효력 발생 따위에 꼭 필요한 성분인
    〈요소〉를 제거한다.

* _ 시+

어떤 학문이나 기술 따위를 처음으로 연 사람인 〈시조〉는
역사적으로 어떤 표준에 의하여 구분한 일정한 기간의 〈시대〉에서
그 시대의 풍속 〈시속〉과
그 당시에 일어난 여러 가지 사회적 사건 〈시사〉에 따라
시간과 공간의 〈시공〉이 달라지며
시간의 어느 한 시점 〈시각〉과 주의 또는 관심 〈시선〉으로
때의 흐름 〈시간〉에 따라 재해석된다.

어떤 것을 이루어 보려고 계획하는 〈시도〉는
어떤 일이나 행동의 처음 단계를 이루는 〈시작〉에서
어떤 일이 시작되는 때 〈시기〉와
기일이나 기한의 〈시일〉에 따라
어떠한 것이 처음으로 일어나거나 시작되는 곳의
〈시점〉이 달라지며,
재능이나 실력 따위를 일정한 절차에 따라 검사하고 평가하는
일의 〈시험〉과 실지로 행하는 〈시행〉으로

막힌 데가 없이 활짝 트이어 마음이 후련하고 〈시원〉하게 된다.

국보 제240호 윤두서 자화상

*_ +시

그때 당시보다 대상 직시

〈당시〉 일이 있었던 바로 그때. 또는 이야기하고 있는 그 시기

〈직시〉 정신을 집중하여 어떤 대상을 똑바로 봄

사람 무시보다 매우 중시

〈무시〉 사람을 깔보거나 업신여김

〈중시〉 가볍게 여길 수 없을 만큼 매우 크고 중요하게 여김

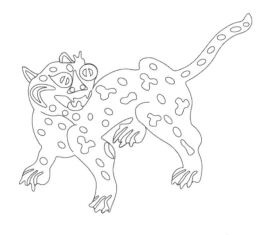

표현 암시보다 분명 명시

〈암시〉 넌지시 알림

〈명시〉 분명하게 드러내 보임

세상 난시보다 정신 주시

〈난시〉 세상이 어지러운 때

〈주시〉 어떤 일에 온 정신을 모아 자세히 살핌

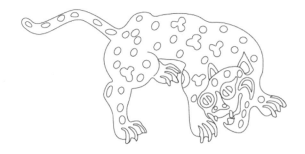

*_+식

하던 일을 멈추고 잠깐!

지나치게 많이 먹는
과식을 버리고,
음식을 절제하여 먹거나 간소하게 먹는
절식을 더하고,
사람이 먹고 마시는
음식으로 육체를 키우자.

격에 맞는 일정한 방식인가?

배우지 않은 데다 보고 듣지 못하여 아는 것이 없는
무식을 비우고,
학문이 있어 견식이 높은
유식을 채우고,
어떤 대상에 대하여 배우거나 실천을 통하여 알게 된

지식으로 정신을 나누자.

예전의 형식인가? 새로운 형식인가?

사물을 분별하고 판단하여 아는
인식을 높이고,
뛰어난 식견이나 건전한 판단으로
양식을 취하고,
깨어 있는 상태에서 자기 자신이나 사물에 대하여 인식하는
의식으로 영혼을 세우자.

편히 살아 숨 쉬고 있는가?

✳ 식+

식탁에 앉아 식기에 식사하는 식구인가?
〈식탁〉 음식을 차려 놓고 둘러앉아 먹게 만든 탁자
〈식기〉 음식을 담는 그릇
〈식사〉 끼니로 음식을 먹음. 또는 그 음식
〈식구〉 한집에서 함께 살면서 끼니를 같이하는 사람

식당에 앉아 식권으로 식판에 먹는 식객인가?
〈식당〉 음식을 만들어 손님들에게 파는 가게
〈식권〉 식당이나 음식점 따위에서 내면 음식을 주도록
　　　되어 있는 표
〈식판〉 밥, 국, 서너 가지의 반찬을 담을 수 있도록 오목하게
　　　칸을 나누어 만든 식기
〈식객〉 하는 일 없이 남의 집에 얹혀서 밥만 얻어먹고
　　　지내는 사람

식성에 맞는 식사로, 식욕과 식탐을 식별할 수 있는 식견이 있는가?

〈식성〉 음식에 대하여 좋아하거나 싫어하는 성미

〈식욕〉 음식을 먹고 싶어 하는 욕망

〈식탐〉 음식을 탐냄

〈식별〉 분별하여 알아봄

〈식견〉 학식과 견문이라는 뜻으로, 사물을 분별할 수 있는

능력을 이르는 말

* _ 실+

꿈, 기대를 실제로 이루는 〈실현〉은
생각한 바를 실제로 행하는 〈실천〉에 있고,

실제의 이치나 도리 〈실리〉는
일을 잘못하여 뜻한 대로 되지 않는 〈실패〉에 의해 들어나고,

실질적인 쓸모 〈실용〉은
있는 그대로의 상태 〈실태〉를 알고, 실제의 처지
〈실지〉를 알아야 하며,

이미 배운 이론을 토대로 하여 실지로 해 보고 익히는 〈실습〉은
조심하지 아니하여 잘못하는 〈실수〉를 줄이고,

겉으로 드러나지 아니한 알짜 이익 〈실속〉은 참, 거짓을 사실에
비추어 검사하는 일 〈실증〉에 있다.

＊ _ 실+

사실의 경우나 형편 〈실제〉를 알라.

〈실전〉 실제의 싸움

실제로 해 봄 〈실험〉

〈실존〉 실제로 존재함

실제로 하여 보임 〈실연〉

〈실화〉 실제로 있는 이야기

실제의 업무나 사무 〈실무〉

〈실상〉 실제 모양이나 상태

실제의 이치나 도리 〈실리〉

〈실학〉 실제로 소용되는 학문

실제로 갖추고 있는 능력 〈실력〉

〈실사〉 실제를 조사하거나 검사함

실제로 있는 물건이나 사람 〈실물〉

*_+실

나의 실상을 알자.
자신의 〈현실〉을 알고,
자기의 〈구실〉을 알고,
노력의 〈결실〉을 맺자.

〈현실〉 실제로 존재하는 사실이나 상태
〈구실〉 자기가 마땅히 해야 할 맡은 바 책임
〈결실〉 일의 결과가 잘 맺어짐. 또는 그런 성과

나의 실수는 없다.
물건의 〈분실〉은 없고,
업무의 〈과실〉은 없고,
관계의 〈상실〉은 없다.

〈분실〉 자기도 모르는 사이에 물건 따위를 잃어버림
〈과실〉 부주의나 태만 따위에서 비롯된 잘못이나 허물

〈상실〉 어떤 사람과 관계가 끊어지거나 헤어지게 됨

나는 실행을 한다.
일에는 〈충실〉하고,
삶에는 〈성실〉하고,
나에게 〈진실〉하자.

〈충실〉 충직하고 성실함
〈성실〉 정성스럽고 참됨
〈진실〉 거짓이 없는 사실

＊_ 심+

마음과 몸의 〈심신〉
깊숙한 곳에 있는 방이 있다. 〈심실〉

마음의 바탕은 〈심상〉
타고난 마음씨와 〈심성〉 마음의 본바탕이 있다. 〈심지〉

마음속으로 깊게 생각하면 〈심념〉
마음속에 품고 있는 생각과 〈심정〉 마음과 힘이 있다. 〈심혈〉

외부의 자극에 따라 미묘하게 움직이는 마음은 〈심금〉
겉으로 드러나지 않은 사물이나 사건의 내부 깊숙한 곳에
있다. 〈심층〉

마음의 작용과 의식의 상태는 〈심리〉
마음의 표현 정도가 매우 깊고 간절한 곳에 있다. 〈심심〉

* _ +심

사람의 마음에 필요한 〈중심〉

〈효심〉 효성스러운 마음

〈충심〉 충성스러운 마음

〈초심〉 처음에 먹은 마음

〈진심〉 거짓이 없는 참된 마음

〈선심〉 남에게 베푸는 후한 마음

〈합심〉 여러 사람이 마음을 한데 합하는 마음

〈관심〉 어떤 것에 마음이 끌려 주의를 기울이는 마음

〈결심〉 할 일에 대하여 어떻게 하기로 굳게 정한 마음

〈인심〉 남의 딱한 처지를 헤아려 알아주고 도와주는 마음

〈안심〉 모든 걱정을 떨쳐 버리고 마음을 편히 가지는 마음

〈조심〉 잘못이나 실수가 없도록 말이나 행동에 마음을 쓰는 마음

〈양심〉 자기의 행위에 대하여 옳고 그름과 선과 악의 판단을
　　　　 내리는 도덕적 의식의 마음

＊ _ 약+

〈약식〉 정식으로 절차를 갖추지 아니하고 간추린 양식은
〈약간〉 얼마 되지 않음이네.

〈약골〉 몸이 약한 사람은
〈약물〉 탕약을 달인 물이 필요하네.

〈약국〉 약사가 약을 조제하는 곳은
〈약품〉 병이나 상처를 고치거나 예방하기 위하여
　　　　 먹거나 바르거나 주사하네.

〈약자〉 힘이 약한 사람은
〈약점〉 모자라서 남에게 뒤떨어지거나 떳떳하지 못한 점이 있네.

〈약혼〉 혼인하기로 약속함은
〈약속〉 다른 사람과 앞으로의 일을 어떻게 할 것인가를
　　　　 미리 정하네.

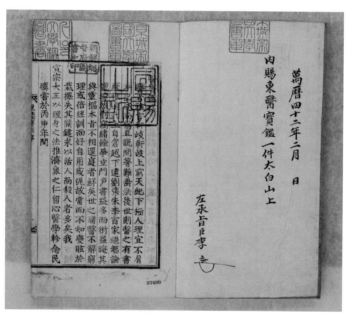

國寶 第319-1號 東醫寶鑑

✳ _ +약

한방의 〈한약〉 한방에서 쓰는 약

한의의 〈연약〉 약을 고는 일. 또는 고아서 만든 약

의술의 〈의약〉 병을 고치는 데 쓰는 약

명의의 〈명약〉 효험이 좋아 이름난 약

사랑의 〈묘약〉 신통한 효험을 지닌 약

약속의 〈선약〉 먼저 약속함.

또는 그런 약속

뜻밖의 〈만약〉 혹시 있을지도

모르는 뜻밖의 경우

발전의 〈도약〉 더 높은 단계로

발전하는 것을 비유적으로 이르는 말

조직의 〈규약〉 조직체 안에서, 서로 지키도록 협의하여 정하여

놓은 규칙

의무의 〈계약〉 관련되는 사람이나 조직체 사이에서 서로 지켜야

할 의무에 대하여 글이나 말로 정하여 둠

*_+업

하는 일 〈생업〉은 무엇일까?

청소년기에

공부하여 학문을 닦는 일 〈학업〉에

학생이 규정에 따라 소정의 교과 과정을 마치고 〈졸업〉하고,

성년기에

일정한 직업을 잡아 직장에 나가 〈취업〉하고,

생계를 유지하기 위하여 자신의 적성과 능력에 따라 종사하는

일 〈직업〉을 가지고,

중년기에
〈창업〉을 시작으로 일정한 목적과 계획을 가지고 짜임새 있게
지속적으로 경영하는 일 〈사업〉하고,

노년기에
집안이 살아가기 위하여 대대로 물려받는 일
〈가업〉을 완성하고,
나라를 세우는 큰 사업 〈대업〉을 이룬다.

생애에
〈악업〉을 쌓았나? 〈선업〉을 쌓았나? 빛나는 업적
〈혁업〉만이 남아 있기를

*_연+

〈연민〉 불쌍하고 가련하게 여기고,
〈연애〉 성적인 매력에 이끌려 서로 좋아하여 사귀는 것처럼
〈연구〉 어떤 일에 대하여서 깊이 있게 조사하고 생각하여
　　　　진리를 따져 본다면

〈연관〉 사물이나 현상이 일정한 관계를 맺고,
〈연결〉 사물과 사물을 서로 잇거나 현상과 현상이
　　　　관계를 맺는 것처럼
〈연합〉 사물이 서로 합동하여 하나의 조직체를 만드는 것을
　　　　볼 수 있다.

〈연기〉 정해진 기한을 뒤로 물려서 늘리지 않고,
〈연장〉 어떤 일의 계속 또는 하나로 이어지는 것처럼
〈연속〉 끊이지 아니하고 죽 이어지거나 지속한다면

〈연마〉 학문이나 기술 따위를 힘써 배우고,

〈연습〉 학문이나 기예 따위를 익숙하도록 되풀이하여
　　　 익힌 것처럼
〈연단〉 어떤 일을 반복하여 익숙하게 되는 것을 알 수 있다.

〈연대〉 여럿이 함께 무슨 일을 하거나 함께 책임을 지고,
〈연분〉 서로 관계를 맺게 되는 인연인 것처럼
〈연맹〉 공동의 목적을 가진 단체나 국가가 서로 돕고
　　　 행동을 함께할 것을 약속한다면

〈연혁〉 변천하여 온 과정을 함께하고,
〈연회〉 여러 사람이 모여 베푸는 잔치를 하는 것처럼
〈연모〉 어떤 사람이나 존재를 사랑하여 간절히 그리워하는 것을
　　　 느낄 수 있다.

*_+연

〈지연〉 출신 지역에 따라 연결된 인연

〈학연〉 출신 학교에 따라 연결된 인연

〈혈연〉 같은 핏줄에 의하여 연결된 인연

〈기연〉 어떤 기회를 통하여 맺어진 인연

〈선연〉 좋은 인연

〈가연〉 아름다운 인연

모든 인연은 우연도 필연도 아닌
당연하고 자연스럽다.

〈인연〉 사람들 사이에 맺어지는 관계

〈우연〉 아무런 인과 관계가 없이 뜻하지 아니하게 일어난 일

〈필연〉 사물의 관련이나 일의 결과가 반드시 그렇게 될 수밖에 없음

〈당연〉 일의 앞뒤 사정을 놓고 볼 때 마땅히 그러함 또는 그런 일

〈자연〉 사람의 힘이 더해지지 아니하고 세상에 스스로 존재하거
나 우주에 저절로 이루어지는 모든 존재나 상태

＊_예+

〈예산〉 필요한 비용을 미리 헤아려 계산하고,
〈예비〉 필요할 때 쓰기 위하여 미리 마련하라.

〈예상〉 어떤 일을 직접 당하기 전에 미리 생각하고,
〈예방〉 질병이나 재해 따위가 일어나기 전에 미리 대처하라.

〈예견〉 앞으로 일어날 일을 미리 짐작하고,
〈예기〉 앞으로 닥쳐올 일에 대하여 미리 생각하라.

〈예식〉 부부 관계를 맺는 서약을 하고,
〈예우〉 예의를 지키어 정중하게 대우하라.

〈예술〉 감상의 대상이 되는 아름다움을 표현하고,
〈예인〉 여러 가지 기예를 닦아 남에게 보이는 일을 직업으로 하라.

예하고, 예하라.

＊_+예

〈유예스〉 망설여 일을 결행하지 마라.

〈참예스〉 어떤 일에 끼어들어 관계하라.

〈정예스〉 일에 기운차게 앞질러 나서라.

〈명예스〉 세상에서 훌륭하다고 인정되는 사람이 되리라.

예스, 예스, 예스, 예스

＊_욕+

무엇을 얻거나 무슨 일을 하고자 바라는 일은 〈욕구〉이다.

욕구의 지속성
부족을 느껴 무엇을 가지거나 누리고자 탐하는 마음은
〈욕망〉이다.

욕심의 일회성
한순간의 충동으로 일어나는 욕심은 〈욕정〉이다.

분수에 넘치게 무엇을 탐내거나 누리고자 하는 마음은
〈욕심〉이다.

*＿+욕

〈탐욕〉 지나치게 탐하는 욕심은 욕심이 많은 〈다욕〉이다.

〈물욕〉 재물을 탐내는 마음은 사사로운 이익을
탐내는 〈이욕〉이다.

〈명욕〉 명예를 얻으려는 욕심은
분수에 넘치게
누리고자 하는 〈심욕〉이다.

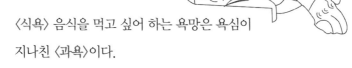

〈식욕〉 음식을 먹고 싶어 하는 욕망은 욕심이
지나친 〈과욕〉이다.

〈성욕〉 성적 행위에 대한 욕망은 음란하고 방탕한 〈음욕〉이다.

〈의욕〉 무엇을 하고자 하는 적극적인 욕망은
욕심이 없는 〈무욕〉이다.

✻ _ 원+

사물원

〈원래〉

사물이 전하여 내려온 그 처음

〈원류〉

사물이나 현상의 본래 바탕

〈원리〉

사물의 근본이 되는 이치

〈원천〉

사물의 근원

〈원인〉

어떤 사물이나 상태를 변화시키거나 일으키게 하는 근본이 된

일이나 사건

＊_+원

이루어지기를

〈축원〉 희망하는 대로 이루어지기를 마음속으로 원함

〈기원〉 바라는 일이 이루어지기를 빎

〈소원〉 어떤 일이 이루어지기를 바람

도움

〈후원〉 뒤에서 도와줌

〈지원〉 지지하여 도움

〈성원〉 하는 일이 잘되도록 격려하거나 도와줌

*_ +유+

부자의 유4

〈유능〉 어떤 일을 남들보다 잘하는 능력이 있음

〈유산〉 죽은 사람이 남겨 놓은 재산

〈유서〉 유언을 적은 글

〈유업〉 선대(先代)부터 이어온 사업

부자의 4유

〈부유〉 재물이 넉넉함

〈고유〉 어떤 사실을 널리 알려서 깨우쳐 줌

〈온유〉 성격, 태도 따위가 온화하고 부드러움

〈자유〉 외부적인 구속이나 무엇에 얽매이지 아니하고

　　　　자기 마음대로 할 수 있는 상태

김홍도필 풍속도 화첩

*_ +유+

시인의 유4

〈유동〉 자유로이 움직임

〈유희〉 즐겁게 놀며 장난함

〈유심〉 마음에 새겨 두어 조심하며 관심을 가짐

〈유도〉 사람이나 물건을 목적한 장소나 방향으로 이끎

시인의 4유

〈사유〉 대상을 두루 생각하는 일

〈은유〉 사물의 상태나 움직임을 암시적으로 나타내는 수사법

〈비유〉 어떤 현상이나 사물을 직접 설명하지 아니하고

　　　　다른 비슷한 현상이나 사물에 빗대어서 설명하는 일

〈공유〉 두 사람 이상이 한 물건을 공동으로 소유함

김홍도필 풍속도 화첩

∗ _의+

〈의문〉 의심스럽게 헤아리고 판단하라.

〈의견〉 어떤 대상에 대하여 앞으로 일어날 일을 상상하라.

〈의도〉 무엇을 하고자 하는 일에 대한 의견이나 느낌을 보라.

〈의사〉 무엇을 하고자 하는 일에 대하여 성의를 보이라.

〈의의〉 전혀 생각이나 예상을 하지 못한 것에 사리를 분별하라.

〈의향〉 마음이 향하는 바에 관심을 가지라.

* _ +의

마음에 의

〈유의〉 마음에 새겨 두어 조심하며

　　　　관심을 가짐

〈주의〉 마음에 새겨 두고 조심함

〈착의〉 잊지 않도록 마음에 새겨 둠

사람으로서 의

〈인의〉 사람으로서 마땅히 지켜야 할 도의

〈덕의〉 사람으로서 마땅히 지켜야 할

　　　　도덕상의 의무

〈대의〉 사람으로서 마땅히 지키고

　　　　행하여야 할 큰 도리

* _ 인+

인간, 생각을 하고 사회를 이루어 사는 사람
인식, 사물을 분별하고 판단하고
인과, 원인과 결과를 아울러
인품, 사람으로서 가지는 됨됨이를 형성하는구나.

인생, 사람이 세상을 살아가고
인연, 사람들 사이에 맺어지는
인격, 사람으로서의 품격은
인정, 남을 동정하는 따뜻한 마음이구나.

인류, 세계의 모든 사람은
인권, 인간으로서 당연히 가지는 기본적 권리로
인고, 괴로움을 참고
인애, 어진 마음으로 사랑하고 또 사랑하는구나.

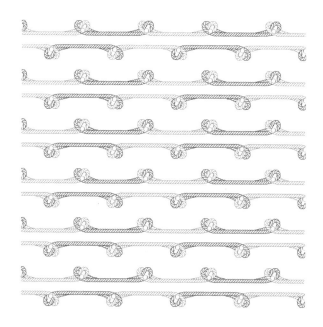

* _ +인

〈원인〉 어떤 사물이나 상태를 변화시키거나 일으키게 하는
　　　 근본이 된 일이나 사건에 의해 사람의 품격은 완성된다.

〈가인〉 아름다운 사람

〈무인〉 무사인 사람. 곧 무예를 닦은 사람

〈철인〉 몸이나 힘이 무쇠처럼 강한 사람

〈장인〉 손으로 물건을 만드는 일을 직업으로 하는 사람

〈대인〉 말과 행실이 바르고 점잖으며 덕이 높은 사람

〈은인〉 자신에게 은혜를 베푼 사람

〈달인〉 학문이나 기예에 통달하여 남달리 뛰어난
　　　 역량을 가진 사람

〈신인〉 신의가 두터워 믿음이 가는 사람

〈귀인〉 사회적 지위가 높고 귀한 사람

〈기인〉 독특한 지조와 행실이 있어서 세상의 풍속과
　　　 다른 면이 있는 사람

〈초인〉 보통 사람으로는 생각할 수 없을 만큼 뛰어난 능력을
　　　가진 사람

〈현인〉 어질고 총명하여 성인에 다음가는 사람

〈성인〉 지혜와 덕이 매우 뛰어나 길이 우러러 본받을 만한 사람

〈위인〉 뛰어나고 훌륭한 사람

* _ 일+

일과

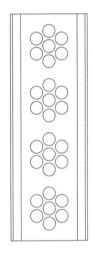

〈일출〉 해가 뜨고,
해가 지고, 〈일몰〉

〈일과〉 날마다 규칙적으로 하는 일정한 일과,
그날 해야 할 일과, 〈일정〉

〈일기〉 그날그날 겪은 일이나 생각, 느낌을
적는 개인의 기록이
그날그날의 일을 적은 책이 되네. 〈일지〉

일류

〈일단〉 우선 먼저,
단체의 모든 사람 〈일동〉

〈일심〉 하나로 합쳐진 마음과
한결같은 마음 〈일념〉

〈일등〉 으뜸가는 등급의
일을 하여 돈을 벌 거리를 하고, 〈일감〉

〈일괄〉 개별적인 것을 한데 묶어
첫째가는 부류가 되네. 〈일류〉

＊ _ +일

〈혼일〉 혼인하는 날

〈생일〉 세상에 태어난 날

〈백일〉 아이가 태어난 날로부터 백 번째 되는 날

〈휴일〉 일요일이나 공휴일 따위의 일을 하지 아니하고 쉬는 날

〈매일〉 하루하루마다 경사스러운 날!

〈볼일〉 해야 할 일

〈앞일〉 앞으로 닥쳐올 일

〈별일〉 드물고 이상한 일

〈잡일〉 여러 가지 자질구레한 일

〈큰일〉 다루는 데 힘이 많이 들고 범위가 넓은 일.

　　　　또는 중대한 일

〈제일〉 여럿 가운데서 첫째가는 일?

＊ 자+

자기 자신을 알라.

〈자기〉 그 사람 자신 〈자신〉 바로 그 사람을 알라.

〈자조〉 자기를 관찰하고 반성하고, 자기의 발전을 위하여
　　　 스스로 애쓰고 있나?

〈자질〉 어떤 분야의 일에 대한 능력이 있나?

〈자습〉 혼자의 힘으로 배워서 익히고 있나?

〈자주〉 남의 보호나 간섭을 받지 아니하고 자기 일을 스스로
　　　 처리하고 있나?

〈자존〉 자기의 존재, 자기 힘으로 생존하고 있나?

〈자문〉 어떤 일을 좀 더 효율적이고 바르게 처리하려고
　　　 그 방면의 전문가나, 전문가들로 이루어진 기구에
　　　 의견을 물어보고 있나?

〈자진〉 남이 시키는 것을 기다리지 아니하고 스스로 하고 있나?

〈자아〉 자기 자신에 대한 의식이나 관념이 있나?

〈자부〉 자기와 관련되어 있는 것에 대하여 스스로 그 가치나
　　　 능력을 믿고 마음을 당당히 가지고 있나?

〈자율〉 남의 지배나 구속을 받지 아니하고 자기 스스로의
　　　 원칙에 따라 어떤 일을 하고 있나?
〈자신〉 어떤 일이 꼭 그렇게 되리라는 데 대하여 스스로
　　　 굳게 믿고 있나?
〈자각〉 현실을 판단하여 자기의 입장이나 능력 따위를
　　　 스스로 깨닫고 있나?

국보 무령왕릉 청동거울 일괄

＊_자+

부자를 알라.

〈자본〉 사업 따위의 기본이 되는 돈이 있나?

〈자산〉 개인이나 법인이 소유하고 있는 경제적 가치가 있는 유형·무형의 재산이 있나?

〈자유〉 무엇에 얽매이지 아니하고 자기 마음대로 할 수 있나?

국가민속문화재
흥선대원군 자적 단령

군자를 알라.

〈자립〉 남에게 예속되거나 의지하지 아니하고 스스로 서 있나?

〈자중〉 말이나 행동, 몸가짐에 신중하고 있나?

〈자비〉 남을 깊이 사랑하고 가엾게 여기고 있나?

＊ _+자

독자에서 저자가 되라.
〈독자〉 책, 신문, 잡지의 글을 읽는 사람에서 〈저자〉 글로 써서
책을 지어 낸 사람이 되라.

부자보다 군자가 되라.
〈부자〉 재물이 많아 살림이 넉넉한 사람보다 〈군자〉 행실이 점
잖고 어질며 덕과 학식이 높은 사람이 되라.

제자이자 학자가 되라.
〈제자〉 스승으로부터
가르침을 받은 사람이자
〈학자〉 학문을
연구하는 사람이 되라.

＊ _ +도

〈제도〉 사회 구조의 체계

〈제반〉 와 관련된 모든 것에

〈제안〉 안을 내놓음

〈제거〉 없애 버리거나

〈제공〉 무엇을 내주거나 갖다 바치거나

〈제재〉 일정한 규칙이나 관습의 위반에 대하여 제한하거나

〈제출〉 문서나 의견, 법률의 안건을

〈제청〉 제시하여 결정하여 달라고 청구함

＊_＋제

문제출제
〈문제〉 해답을 요구하는 물음
〈출제〉 문제를 냄

〈의제〉 회의에서 의논할 문제
〈과제〉 처리하거나 해결해야 할 문제
〈숙제〉 두고 생각해보거나 해결해야 할 문제
〈주제〉 대화나 연구 따위에서 중심이 되는 문제
〈미제〉 수수께끼 같아서 잘 풀 수 없는
　　　어려운 문제
〈예제〉 내용의 이해를 돕기 위하여 보기로
　　　내는 연습 문제

＊ _ ＋제

○○?제

장비 〈해제〉 설치하였거나 장비한 것 따위를 풀어 없앰

생활 〈경제〉 인간의 생활에 필요한 재화나 용역을 생산·분배·
소비하는 모든 활동

상대 〈견제〉 일정한 작용을 가함으로써 상대편이 지나치게
세력을 펴거나 자유롭게 행동하지 못하게 억누름

감정 〈억제〉 감정이나 욕망, 충동적
행동 따위를 내리눌러서 그치게 함

먼저 〈전제〉 어떠한 사물이나 현상을
이루기 위하여 먼저 내세우는 것

서로 〈교제〉 서로 사귀어 가까이 지냄

행사 〈축제〉 축하하여 벌이는 큰 규모의 행사

* _ 주+

주시하고 주목하며 주의하게 된다.

〈주시〉 어떤 일에 온 정신을 모아 자세히 살핌

〈주목〉 관심을 가지고 주의 깊게 살핌

〈주의〉 마음에 새겨 두고 조심함

주장하고 주역하며 주인하게 된다.

〈주장〉 자기의 의견이나 주의를 굳게 내세움

〈주역〉 주된 역할을 하는 사람

〈주인〉 집안이나 단체 따위를 책임감을 가지고 이끌어 가는 사람

주체하고 주도하며 주관하게 된다.

〈주체〉 사물의 작용이나 어떤 행동의
　　　　주가 되는 것

〈주도〉 주동적인 처지가 되어 이끎

〈주관〉 어떤 일을 책임을 지고
　　　　맡아 관리함

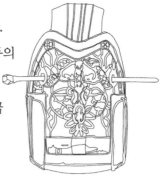

*_ +주

음주하는 사람은?

고주하거나 사주하지 말고, 절주하자!

〈음주〉 술을 마심

〈고주〉 술에 몹시 취하여 정신을 가누지 못하는 상태.

　　　 또는 그런 사람

〈사주〉 남을 부추겨 좋지 않은 일을 시킴

〈절주〉 술 마시는 양을 알맞게 줄임

재주있는 사람은?

도주하거나 안주하지 말고, 자주하자!

〈재주〉 무엇을 잘할 수 있는 타고난 능력과 슬기

〈도주〉 피하거나 쫓기어 달아남

〈안주〉 현재의 상황이나 처지에 만족함

〈자주〉 남의 보호나 간섭을 받지 아니하고 자기 일을 스스로 처리함

국가무형문화재 줄타기 김대균 줄타기 공연 모습

＊ ＿ 천+

천체의 천4

〈천상〉 하늘 위, 〈천하〉 하늘 아래 온 세상, 〈천지〉 하늘과 땅과
〈천기〉 천체는 운행하는 규칙과 질서가 있네.

타고난 천4

〈천성〉 타고난 성격

〈천직〉 타고난 직업

〈천수〉 타고난 수명

〈천명〉 타고난 운명과 함께

하늘의 명령이 있네.

도리의 천4

〈천금〉 많은 돈보다

〈천년〉 오랜 세월

〈천고〉 아주 오랜 세월 동안

〈천륜〉 부모 형제 사이에서 마땅히 지켜야 할 도리가 있네.

＊_+천

사람은
〈구천〉 가장 높은 하늘 아래
〈귀천〉 신분이나 일 따위의 귀함과 천함 없이
〈실천〉 생각한 바를 실제로 행하네.

사람도
〈명천〉 밝은 하늘도
〈청천〉 맑은 물이 흐르는 강도
〈변천〉 세월의 흐름에 따라
    바뀌고 변하네.

사람의
〈진천〉 소리가 하늘까지 떨쳐 울리고
〈승천〉 하늘에 오르나
〈황천〉 사람이 죽은 뒤에 가서 산다는 세상까지 볼 수 있을까?

＊ +초+

〈시초〉 맨 처음의

초를 잡아 적음. 또는 그런 글발 〈초안〉

〈연초〉 새해의 첫머리에는

어떤 일이나 일정한 기간의 처음 단계 〈초반〉으로

처음으로 가는 길 〈초행〉을 가본다.

〈최초〉 맨 처음에는

정해진 기간이나 일의 처음이 되는 시기 〈초기〉로

학문이나 기술 따위를 익힐 때의 그 처음 단계 〈초보〉이다.

〈기초〉 사물이나 일 따위의 기본이 되는 것에는

처음에 먹은 마음 〈초심〉으로

어떤 사물의 기초를 비유적으로 이르는 말 〈초석〉을 쌓는다.

〈고초〉 괴로움과 어려움에는

사람들의 관심이나 주의가 집중되는 사물의 중심 부분 〈초점〉으로

어떠한 한계나 표준을 뛰어넘음으로 〈초월〉한다.

✱ _ 최+

〈최저〉 가장 낮음
〈최고〉 가장 높음

〈최초〉 맨 처음
〈최종〉 맨 나중

〈최다〉 양 따위가 가장 많음
〈최소〉 양 따위가 가장 적음

〈최상〉 높이, 수준, 등급, 정도 따위의 맨 위
〈최하〉 이, 수준, 등급, 정도 따위의 맨 아래

〈최선〉 가장 좋고 훌륭함
〈최악〉 가장 나쁨

〈최단〉 가장 짧음

〈최장〉 가장 긺

〈최근〉 가장 가까움

〈최적〉 가장 알맞음

최적격 찾기

* _충+

〈충심〉 충성스러운 마음은
〈충실〉 충직하고 성실함이요.

〈충실〉 충직하고 성실함은
〈충직〉 충성스럽고 정직함이요.

〈충직〉 충성스럽고 정직함은
〈충성〉 마음속에서 우러나오는
　　　정성이요.

〈충성〉 마음속에서 우러나오는
　　　정성은
　　　온갖 힘을 다하려는 참되고
　　　성실한 마음이요.

국보 제76호 이순신 난중일기 및
서간첩 임진장초

* _ 충+

충성과 충성과 충성
〈충성〉 마음속에서 우러나오는 정성

〈충효〉 충성과 효도
: 부모를 잘 섬기는 도리

〈충애〉 충성과 사랑
: 어떤 사람이나 존재를 몹시 아끼고 귀중히 여기는 마음

〈충의〉 충성과 절의
: 신념, 신의 따위를 굽히지 아니하고 굳게 지키는 꼿꼿한 태도
〈절개〉와 사람으로서 마땅히 지켜야 할 도리 〈의리〉

＊ _ +충

〈고충〉 괴로운 심정이나 사정에
〈보충〉 부족한 것을 보태어 채우고,

〈대충〉 다른 것으로 대신 채움에
〈확충〉 늘리고 넓혀 충실하고,

〈불충〉 충성스럽지 아니함에
〈혈충〉 정성을 다하는 충성으로 하고,

〈상충〉 서로 어울리지 아니하고 마주침에
〈완충〉 대립하는 것 사이에서 충돌을 누그러지게 하라.

*_평+

사물의 평평평평

〈평가〉 사물의 가치나 수준 따위를 헤아려 정함.

　　　또는 그 가치나 수준

〈평론〉 사물의 가치, 우열, 선악 따위를 평가하여 논함.

　　　또는 그런 글

〈평준〉 사물을 균일하게 조정함

〈평형〉 사물이 한쪽으로 기울지 않고 안정해 있음

사람의 평평평평

〈평안〉 걱정이나 탈이 없음. 또는 무사히 잘 있음

〈평온〉 조용하고 평안함

〈평등〉 권리, 의무, 자격 등이 차별 없이 고르고 한결같음

〈평화〉 평온하고 화목함

동일한 평평평평

〈평일〉 특별한 일이 없는 보통 때

〈평상〉 특별한 일이 없는 보통 때

〈평소〉 특별한 일이 없는 보통 때

〈평시〉 특별한 일이 없는 보통 때

* _ +평

비평의 평

〈만평〉 일정한 주의나 체계 없이 생각나는 대로 비평함.

　　　또는 그런 비평

〈논평〉 어떤 글이나 말 또는 사건 따위의 내용에 대하여 논하여

　　　비평함. 또는 그런 비평

〈비평〉 사물의 옳고 그름, 아름다움과 추함 따위를 분석하여

　　　가치를 논함

작품의 평

〈품평〉 작품의 좋고 나쁨을 평함

〈강평〉 공연 작품, 발표회, 실습 따위에 대하여 총괄적으로

　　　분석하고 평가함. 또는 그런 평가

〈시평〉 시 작품에 대한 비평

나라의 평

〈형평〉 균형이 맞음. 또는 그런 상태

〈화평〉 나라 사이가 화목하고 평화스러움

〈태평〉 나라가 안정되어 아무 걱정 없고 평안함

사람의 평

〈공평〉 어느 쪽으로도 치우치지 않고 고름

〈수평〉 기울지 않고 평평한 상태

〈정평〉 모든 사람이 다 같이 인정하는 평판

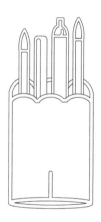

*_풍+

〈풍경〉 산이나 들, 강, 바다의 자연에
〈풍치〉 훌륭하고 멋진 경치가 있네.

〈풍류〉 멋스럽고 풍치가 있게 노는 일에
〈풍악〉 예로부터 전해 오는 우리나라 고유의 음악이 있네.

〈풍년〉 곡식이 잘 자라고 잘 여물어 평년보다 수확이 많은 해에
〈풍물〉 계절 특유의 구경거리나 산물이 있네.

〈풍유〉 흠뻑 많아서 넉넉함에
〈풍월〉 맑은 바람과 밝은 달을 대상으로 시를 짓고 흥취를
　　　 자아내어 즐겁게 놂이 있네.

〈풍미〉 멋지고 아름다운 사람 됨됨이에
〈풍파〉 세상살이의 어려움이나 고통이 있네.

동래학춤

＊_ +풍+

〈미풍속〉
〈미풍〉 아름다운 풍속은
〈미속〉 옛날부터 그 사회에 전해 오는 생활 전반에 걸친
　　　　습관을 이르는 말이요.

〈세풍조〉
〈세풍〉 세상의 풍조는
〈풍조〉 시대에 따라 변하는 〈세태〉 사람들의 일상생활이요.

〈가풍습〉
〈가풍〉 한집안에 대대로 이어 오는 풍습은
〈풍습〉 풍속과 어떤 행위를 오랫동안 되풀이하는 과정에서
　　　　저절로 익혀진 행동 방식
　　　　〈습관〉을 아울러 이르는 말이요.

수영농청놀이

＊_+풍

사람과 바람

〈통풍〉 팔다리 관절에 심한 염증이 되풀이되어 생기는
유전성 대사 이상 질환을 조심하라.

〈중풍〉 뇌혈관의 장애로 갑자기 정신을 잃고 넘어져서
구안괘사, 반신불수, 언어 장애 따위의 후유증을 남기는
병을 조심하라.

〈돌풍〉 갑작스럽게 사회적으로 많은 관심을 모으거나 많은
영향을 끼치는 현상을 조심하라.

〈역풍〉 일이 뜻한 바대로 순조롭게 진행되지 못하고
어려움을 겪는 것을 조심하라.

〈위풍〉 위세가 있고 엄숙하여 쉽게 범하기 힘든 풍채로
바람을 대비하라.

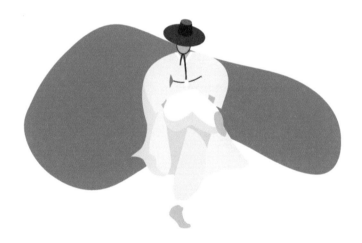

＊_+풍

바람 바람 바람

〈미풍〉 약하게 부는 바람
〈강풍〉 세게 부는 바람
〈돌풍〉 갑자기 세게 부는 바람
〈열풍〉 몹시 사납고 거세게 부는 바람
〈폭풍〉 매우 세차게 부는 바람

＊ 한+

〈한국〉은 아시아 대륙 동쪽에 있는 〈한곳〉 한반도와 그 부속 도서(島嶼)로 이루어진 공화국이다.

아르오케이(ROK:Republic of Korea) 또는 코리아(Korea)라고도 불린다.

기원전 2333년에 성립된 고조선에서부터 고구려·백제·신라의 삼국 시대를 거쳐 통일 신라·고려·조선으로 이어져 오다가 1910년에 일제의 침략으로 강제 합병되었으나, 1945년에 제2차 세계 대전이 끝나면서 독립하였다.

1948년에 남쪽 지역만의 총선으로 민주 공화국이 수립되었다.

1950년에 북한이 6·25 전쟁을 일으킴으로써 휴전선을 〈한계〉 사이에 두고 국토 분단이 고착화되었다.

주민의 대부분은 황색 인종인 한민족(韓民族)이며, 언어는 알타이어계에 속하는 한국어이고 문자는 〈한글〉을 쓴다.

수도는 서울이며, 중부를 흐르는 강 〈한강〉이 있다. 〈한강〉은 태백산맥에서 시작하여 황해로 흘러든다. 북한강·남한강의 두 물줄기가 남양주시에서 합류하며, 이 유역은 삼국 시대부터 중요

시되어 왔다. 길이는 494.44km이다.

〈한국〉의 면적은 〈한정〉 22만 1336㎢, 남한은 9만 9313㎢이다.

〈한국〉은 고유한 옷 〈한복〉, 고유의 음식이나 식사 〈한식〉, 고유의 형식으로 지은 집 〈한옥〉, 고유의 제조법으로 만든 종이 〈한지〉가 있으며, 대중문화 요소가 외국에서 유행하는 현상 〈한류〉는 1990년대 말부터 아시아에서 일기 시작해 〈한길〉 전세계적으로 퍼지고 있다.

*_+한

한국의 〈애한〉은?

〈애한〉 슬퍼하고 한스러워함. 또는 슬픔과 한

〈남한〉, 〈북한〉의 휴전선이 있는 것이며,

〈남한〉 남북으로 분단된 대한민국의 휴전선 남쪽 지역을
　　　　가리키는 말

〈북한〉 남북으로 분단된 대한민국의 휴전선 북쪽 지역을
　　　　가리키는 말

〈하한〉, 〈상한〉의 한계선이 있는 것이며,

〈하한〉 위아래로 일정한 범위를 이루고 있을 때, 아래쪽의 한계

〈상한〉 위아래로 일정한 범위를 이루고 있을 때, 위쪽의 한계

〈이한〉, 〈별한〉의 이별의 한이 있다.

〈이한〉 이별의 한

〈별한〉 이별의 한

동래고무

＊_행+

〈행동〉 몸을 움직여 어떤 일을 함은
〈행우〉 복된 좋은 운수요.

〈행복〉 생활에서 충분한 만족과 기쁨을 느끼어 흐뭇함은
〈행운〉 행복한 운수요.

* _ +행

악행위!
〈악행〉 악독한 행위
〈만행〉 야만스러운 행위
〈비행〉 잘못되거나 그릇된 행위
〈범행〉 범죄 행위를 함. 또는 그 행위

실행해!
〈선행〉 착하고 어진 행실
〈덕행〉 어질고 너그러운 행실
〈효행〉 부모를 잘 섬기는 행실
〈품행〉 품성과 행실

실제로 행함.
〈실행〉 실제로 행함
〈이행〉 실제로 행함
〈시행〉 실지로 행함

행 나아감.

〈진행〉 앞으로 향하여 나아감

〈순행〉 차례대로 나아감

〈고행〉 북을 치며 기세를 돋우어 나아감

과감하게 감행!

〈급행〉 급히 감

〈평행〉 나란히 감

〈동행〉 같이 길을 감

* _ 헌+

돈을 바치는 〈헌금〉이 있다.

돈이나 물건을 바치는 〈헌납〉이 있다.

축하하는 뜻으로 바치는 글 〈헌사〉가 있다.

신전이나 영전에 꽃을 바치는 〈헌화〉가 있다.

몸과 마음을 바쳐 있는 힘을 다하는 〈헌신〉이 있다.

국보 10환 지폐 전면에 담긴 숭례문(1953~1962년 발행권)

*_+헌

〈국헌〉 나라의 근본이 되는 법규는
〈제헌〉 헌법을 만들어 정함.

〈위헌〉 헌법의 조항이나 정신에 위배되는 일은
〈입헌〉 헌법을 제정함.

〈형헌〉 범죄와 형벌에 관한 법률 체계로
〈상헌〉 범죄 사실을 자세히 밝혀 죄를 결단함.

〈합헌〉 헌법의 취지에 맞는 일로
〈공헌〉 힘을 써 이바지함.

✱ _화+

〈화병〉 꽃을 꽂는 병에서 꽃을 보고, 〈화분〉 꽃을 심어 가꾸는 그릇에서 꽃을 보고, 〈화단〉 꽃을 심기 위하여 흙을 한층 높게 하여 꾸며 놓은 꽃밭에서 꽃을 보고, 〈화초〉 꽃이 피는 풀과 나무 또는 꽃이 없더라도 관상용이 되는 식물에서 꽃을 보고, 〈화객〉 꽃을 구경하는 사람에서 〈화가〉 꽃의 그림을 그리는 사람이 되네.

〈화방〉 화가가 그림을 그리는 일을 하는 방에 〈화제〉 이야기의 제목은 꽃으로 〈화목〉 서로 뜻이 맞고 정다움에 〈화합〉 화목하게 어울리네. 〈화두〉 꽃에 관심을 두어 중요하게 생각하니 〈화풍〉 그림을 그리는 방식과 〈화법〉 그림을 그리는 방법이 〈화원〉 꽃을 심은 동산처럼 〈화사〉 화려하게 곱네.

* _ +화

사물의 〈변화〉 사물의 성질, 모양, 상태 따위가 바뀌어 달라짐

음식의 〈소화〉 섭취한 음식물을 분해하여 영양분을 흡수하기 쉬운 형태로 변화시키는 일

신체의 〈강화〉 힘을 더 강하고 튼튼하게 함

사람의 〈유화〉 상대편을 너그럽게 용서하고 사이좋게 지냄

생활의 〈순화〉 불순한 것을 제거하여 순수하게 함

대화의 〈온화〉 화기롭고 부드럽게 이야기함

사회의 〈문화〉 자연 상태에서 벗어나 일정한 목적 또는 생활 이
상을 실현하고자 사회 구성원에 의하여 습득, 공유, 전달되는 행
동 양식이나 생활 양식의 과정 및 그 과정에서 이룩하여 낸 물질
적 · 정신적 소득을 통틀어 이르는 말

세계는 〈평화〉 전쟁, 분쟁 또는 일체의 갈등이 없이 평온함

국가무형문화재 조선왕조 궁중음식 구절판과 신선로

〈효성〉 마음을 다하여 부모를 섬기는 정성에는 〈효〉가 있다.

〈효덕〉 부모를 잘 섬기는 마음이 있고,
〈효경〉 부모를 잘 섬기고 공경함이 있고,
〈효행〉 부모를 잘 섬기는 행실이 있고,
〈효자〉 부모를 잘 섬기는 아들과
〈효녀〉 부모를 잘 섬기는 딸이 있다.

＊_효+

〈효의〉의 〈효험〉 작용의 결과는?

〈효의〉 효행과 절의

효행 : 부모를 잘 섬기는 행실

행실 : 실지로 드러나는 행동

실지 : 실제의 처지나 경우

실제 : 사실의 경우나 형편

사실 : 실제로 있었던 일이나 현재에 있는 일

형편 : 일이 되어 가는 상태나 경로 또는 결과

경우 : 사리나 도리

사리 : 일의 이치

이치 : 도리에 맞는 취지

취지 : 일의 근본이 되는 목적

행동 : 몸을 움직여 동작을 하거나 어떤 일을 함

절의 : 절개와 의리

절개 : 신념, 신의 따위를 굽히지 아니하고 굳게 지키는
　　　꿋꿋한 태도

신념 : 굳게 믿는 마음

마음 : 사람이 본래부터 지닌 성격

성격 : 개인이 가지고 있는 고유의 성질이나 품성

성질 : 사람이 지닌 마음의 본바탕

품성 : 타고난 성질

신의 : 믿고 의지함

의지 : 어떠한 일을 이루고자 하는 마음

의리 : 사람으로서 마땅히 지켜야 할 도리

도리 : 사람이 어떤 입장에서 마땅히 행하여야 할 바른길

어떤 작용의 결과<효험>을 나타내는 능력을 〈효능〉이라 한다.

〈충효〉 '마음속에서 우러나오는 정성 〈충성〉' 으로 '부모를 정성 껏 잘 섬기는 일 〈효도〉' 은 〈특효〉 특별한 '일의 좋은 보람 〈효 험〉' 이 있으리.

〈불효〉 어버이를 효성스럽게 잘 섬기지 아니하여 자식 된 도리를 하지 못한다면, 〈포효〉 사나운 짐승이 울부짖는 소리가 있으리.

세종대왕 (1397~1450)

"고기는 씹을수록 맛이 나고,
책 또한 읽을수록 한글 맛이 난다."

"한글은 세상의 선물이자 세계의 보물이다."

한글을 따라 하늘(·)을 보고, 땅(_)을 보고 그리고 사람(|)을
본다. 그리고 한글을 따라 나를 보고, 너를 보고, 우리를 본다.
한국의 고유한 정신이 담긴 한글은 세상을 읽는 새로운 철학을
선물한다.

유네스코에서는 세계에서 문맹 퇴치에 공이 큰 사람들에게 '세
종대왕 문맹퇴치상'을 주며 한글의 우수성을 인정하고 있다. 과
거 유산 가운데 한국인으로 가장 자랑스러운 것은 한글이다.

"한글은 세상의 선물이자 세계의 보물이다."

〈한글 한글, 읽을수록 참 맛나다〉를 볼수록 사랑하고, 읽을수록

소중하다.

한 그루의 나무를 심듯 한글 씨앗이 한 사람의 마음에 자라 한글
을 사랑하고, 한국을 사랑하기를 · · ·.

"한글씨 사랑해, 한글씨 소중해"

한글시인 **최우정**

:|밑글

- 국립국어원 표준국어대사전
- 문화포털 : 전통문양
- 문화재청 국가문화유산포털
- 나무위키 : 훈민정음, 현대 한글의 모든 글자, 유니코드
- WORDROW : 기본 시작 글자 통계, 시작 글자로
  가장 많이 사용된 한글자

한국문양

한국의 문양은 2005년부터 행정안전부(한국정보화진흥원)의 국가DB사업을 통해 문화체육관광부(한국문화정보센터)가 우리만의 독특하고 고유한 문양을 문화재, 유물 등으로부터 추출하여 산업적 디자인 소재로 활용이 가능하도록 2D, 3D 형태로 제공하는 디지털 콘텐츠를 말합니다.

문화포털에서 서비스하고 있는 전통문양은 공공누리 제1유형(출처표기)에 해당되는 저작물입니다. 출처표기를 하는 이용조건에 따라 상업적, 비상업적으로 이용이 가능합니다.

훈민정음 해례본은 세계기록유산임과 동시에 또한 국보 제70호로 지정되어 있다. 훈민정음 해례본은 한글이 어떤 원리를 바탕으로 해서 어떤 과정을 통해 만들어졌는가에 대한 설명이 실려 있는 책이다.

한글처럼 독창적으로 새 문자를 만들고 한 국가의 공용문자로 사용하게 한 것은 세계적으로도 유례가 없는 일이며, 이 해례본의 발견으로 인해 한글 창제의 원리에 대해 많은 것들이 확인되고 알려지게 되었다.

현대 한글의 모든 글자 수는 총 11,172글자다

초성 19자

: ㄱ, ㄲ, ㄴ, ㄷ, ㄸ, ㄹ, ㅁ, ㅂ, ㅃ, ㅅ, ㅆ, ㅇ, ㅈ, ㅉ, ㅊ, ㅋ, ㅌ, ㅍ, ㅎ

중성 21자

: ㅏ, ㅐ, ㅑ, ㅒ, ㅓ, ㅔ, ㅕ, ㅖ, ㅗ, ㅘ, ㅙ, ㅚ, ㅛ, ㅜ, ㅝ, ㅞ, ㅟ, ㅠ, ㅡ, ㅢ, ㅣ

종성 28자

: ㄱ, ㄲ, ㄳ, ㄴ, ㄵ, ㄶ, ㄷ, ㄹ, ㄺ, ㄻ, ㄼ, ㄽ, ㄾ, ㄿ, ㅀ, ㅁ, ㅂ, ㅄ, ㅅ, ㅆ, ㅇ, ㅈ, ㅊ, ㅋ, ㅌ, ㅍ, ㅎ, 없음 (중성이 없는 경우도 포함해서 계산해야 한다.)

$19 \times 21 \times 28 = 11,172$

유니코드

현대 한글로 나타낼 수 있는 모든 글자의 유니코드 값이다. 한글이 가지는 유니코드 값은 AC00부터 D7A3까지며, 총 11,172개의 코드로 모든 한글을 표현할 수 있다.

	0	1	2	3	4	5	6	7	8	9	A	B	C	D	E	F
AC0	가	각	갂	갃	간	갅	갆	갇	갈	갉	갊	갋	갌	갍	갎	갏
AC1	감	갑	값	갓	갔	강	갖	갗	갘	같	갚	갛	개	객	갞	갟
AC2	갠	갡	갢	갣	갤	갥	갦	갧	갨	갩	갪	갫	갬	갭	갮	갯
AC3	갰	갱	갲	갳	갴	갵	갶	갷	갸	갹	갺	갻	갼	갽	갾	갿
AC4	걀	걁	걂	걃	걄	걅	걆	걇	걈	걉	걊	걋	걌	걍	걎	걏
AC5	걐	걑	걒	걓	걔	걕	걖	걗	걘	걙	걚	걛	걜	걝	걞	걟
AC6	걠	걡	걢	걣	걤	걥	걦	걧	걨	걩	걪	걫	걬	걭	걮	걯
AC7	거	걱	걲	걳	건	걵	걶	걷	걸	걹	걺	걻	걼	걽	걾	걿
AC8	검	겁	겂	것	겄	겅	겆	겇	겈	겉	겊	겋	게	겍	겎	겏
AC9	겐	겑	겒	겓	겔	겕	겖	겗	겘	겙	겚	겛	겜	겝	겞	겟
ACA	겠	겡	겢	겣	겤	겥	겦	겧	겨	격	겪	겫	견	겭	겮	겯
ACB	결	겱	겲	겳	겴	겵	겶	겷	겸	겹	겺	겻	겼	경	겾	겿
ACC	곀	곁	곂	곃	계	곅	곆	곇	곈	곉	곊	곋	곌	곍	곎	곏
ACD	곐	곑	곒	곓	곔	곕	곖	곗	곘	곙	곚	곛	곜	곝	곞	곟
ACE	고	곡	곢	곣	곤	곥	곦	곧	골	곩	곪	곫	곬	곭	곮	곯
ACF	곰	곱	곲	곳	곴	공	곶	곷	곸	곹	곺	곻	과	곽	곾	곿

- 기본 시작 글자 통계

가 : 4,437개, 나 : 1,539개, 다 : 1,851개, 라 : 542개, 마 : 1,821개,

바 : 1,460개, 사 : 6,077개, 아 : 3,590개, 자 : 4,406개, 차 : 1,010개,

카 : 728개, 타 : 916개, 파 : 1,472개, 하 : 1,769개

- 시작 글자로 가장 많이 사용된 한글자

사 : 6,077개, 수 : 5,079개, 전 : 4,921개, 이 : 4,702개, 고 : 4,569개,

가 : 4,437개, 자 : 4,406개, 대 : 4,198개, 유 : 4,080개, 기 : 4,013개,

정 : 3,887개, 지 : 3,747개, 소 : 3,672개, 아 : 3,590개, 조 : 3,438개

한글시집

한글 한글, 읽을수록 참 맛나다

초판인쇄	2023년 04월 13일
초판발행	2023년 04월 21일

지은이	최우정
발행인	조현수
펴낸곳	도서출판 프로방스
마케팅	최관호 최문섭
IT 마케팅	조용재
교정교열	이승득
디자인 디렉터	오종국 Design CREO

ADD	경기도 고양시 일산동구 백석2동 1301-2 넥스빌오피스텔 704호
전화	031-925-5366~7
팩스	031-925-5368
이메일	provence70@naver.com
등록번호	제2016-000126호
등록	2016년 06월 23일

정가 16,000원

ISBN 979-11-6480-313-2 03810

한 그루의 나무를 심듯
한글 씨앗이 한 사람의 마음에 자라
한글을 사랑하고,
한국을 사랑하기를 · · · .